「北の国から’83冬」

「北の国から'84夏」

「北の国から'87初恋」

「北の国から'89帰郷」

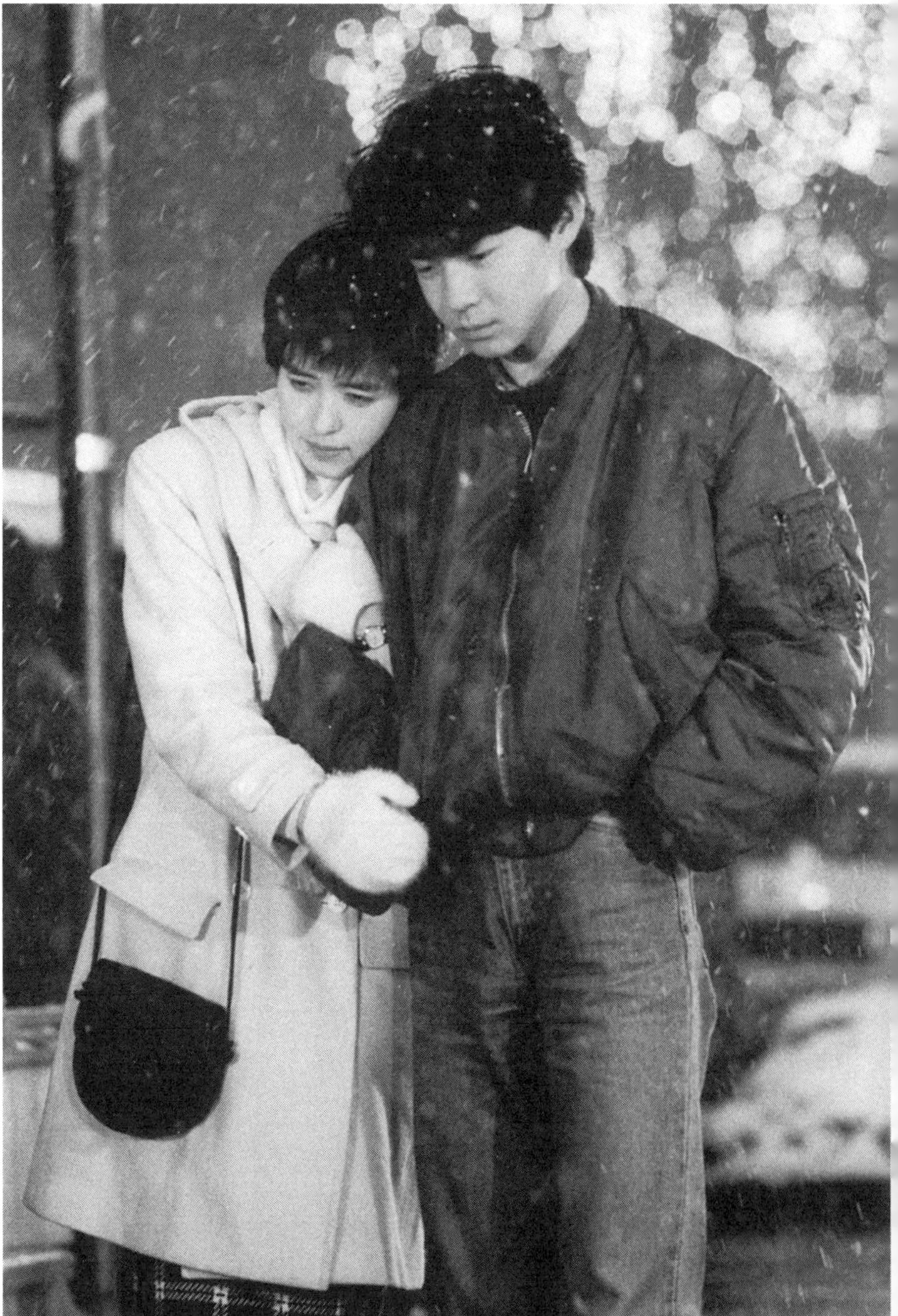

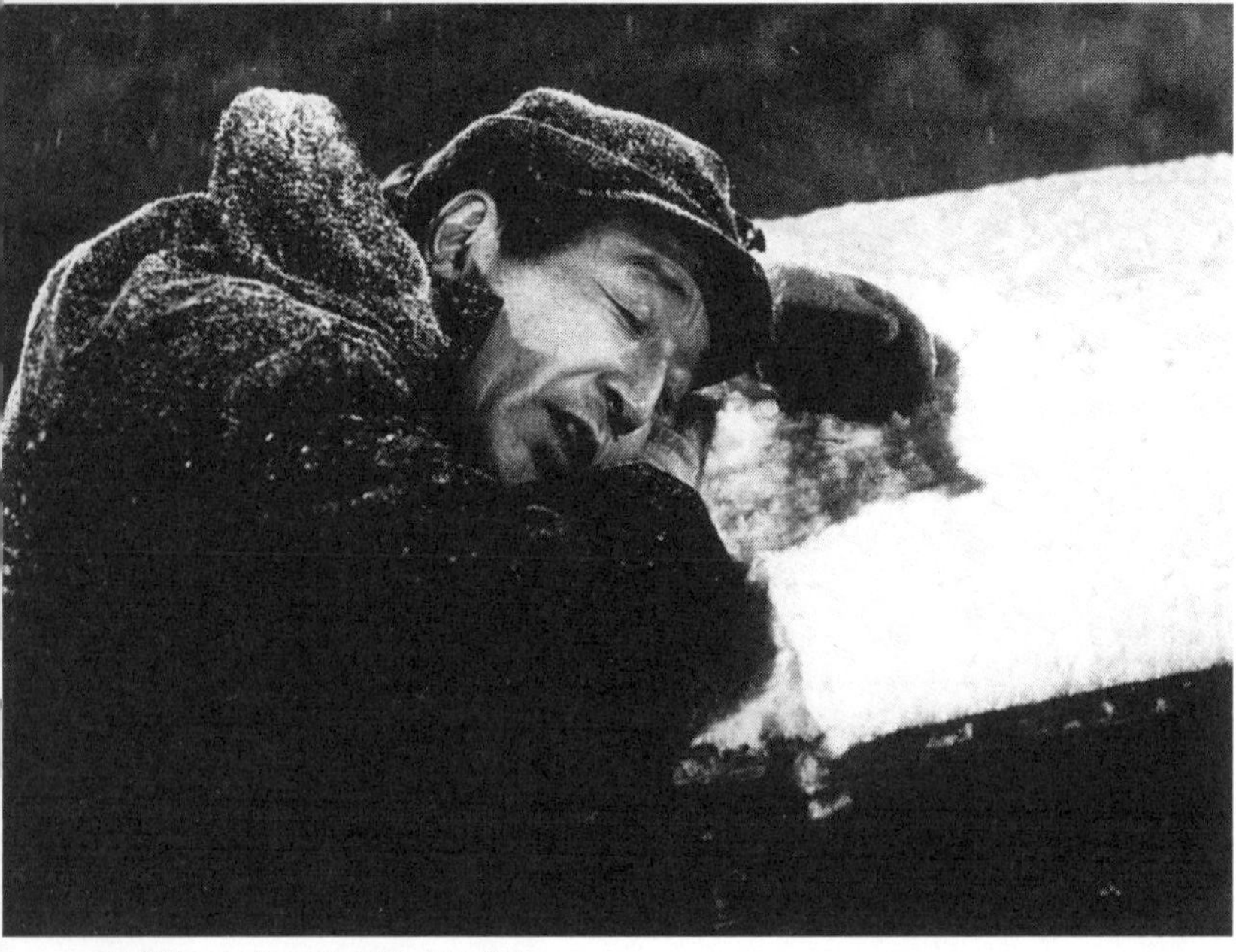

写真提供：フジテレビ　写真：島田和之

もくじ

北の国から’83冬

宮前雪子

手紙を書いている。

雪子の声「純君、螢ちゃん、お元気ですか。あれからもう一年半になりますね。富良野のみんなは元気でしょうか。昨日、突然お父さんとクマさんがみえ、本当にびっくりしてしまいました。あれからのことをいっぱいききました」

ジングルベルがしのびこむ。

喫茶店

雪子と五郎、クマが逢っている。

雪子の声「中畑木材が火事で焼けたこと。初めてきいてびっくりしました。おばさんが働いたあの工場も、今は新しくなったンですってね。本当に何も知らないで、お見舞一ついえなかったこと。ショックを受けていました。でも――」

雪子

雪子の声「それに負けないくらいおどろいたのは、お父さんとクマさんが十一月からこっちに出稼ぎにみえてたってことです。そうして純君と螢ちゃんがたった二人で暮らしてるって話。きっと二人とも大きくなったのね。大丈夫ですか？　寒くないですか。恐くないですか。ごはんはちゃんと食べられてますか」

クリスマス・ツリー

雪子の声「お父さんたちとは昨日新宿で、おひるをご一緒して別れました。お父さんたちは二十九日の夜行で富良野へ帰るのだとおっしゃってました。お正月をあなたたちと過ごせることが、何より愉しみだとおっしゃっていました」

デパート・玩具売場

その賑わい（クリスマスセール）。

雪子の声「今東京はクリスマスセール。どこへ行ってもジングルベルです」

五郎、ケチな買物を売り場へ運びつつ、黒山の人だかりにわりこんでのぞく。

雪子の声「あなたたちに小さなプレゼントを、物だけはいっぱいある東京から送ります。メリー・クリスマス！
そして、ハッピー・ニューイアー！」
五郎の視線。
コンピューターゲームに目の色変えている子どもたち。
そして大人たち。
口をあけ、ぼんやり見ている五郎。
熱中している子どもたち。
その輝いた顔、顔、顔。
圧倒的なジングルベル。
コンピューターの上に出現し消える都会の文明。
突然、それらがスッと遠のき。
モニターの画面を風音がかけぬける。
そしてその画面に雪が降りだす。

雪原

その中の一本道。
地吹雪が激しく横切って過ぎる。
その道を——
かなたからポツンとソリを引きやってくる純と螢。
二人は地吹雪と降る雪に抗し、食料を積んだソリを無言で押してくる。
雪煙激しく舞い、二人うつむいてやり過ごす。
音楽——テーマ曲、静かにイン。
また、歩きだす二人。
激しく降る雪と地吹雪の中、二人、少しずつ近づいてくる。
タイトル流れて。

1

丸太小屋（以下、家と書く）表

どこかで自動車のホーンが高く鳴る。二度。三度。

純「（とび出して）ハーイ!!　今行きまーす!!」

同・中

純「（とびこんで）草太兄ちゃん迎えに来たゾッ!!」

螢「（二階から）今行くッ！　お兄ちゃん火の始末お願いッ」

純「もう見たよッ!!」

螢「もう一度ちゃんと！　指さし確認!!」

純「うるせえなもう！　暖炉！（指さす）消したッ。ストーブ（指さす）フタしたッ。――フタしてなかった」

表

とび出す二人。

雪の道

二人走る。

雪原

二人走って草太の車へ乗る。

純「お待たせしましたッ」

螢「ごめんなさいッ」

純「アレ、時夫兄ちゃんも一緒に行ってくれるの？」

時夫、乱暴に車をスタート。

景色

フロントグラスに走る。

純の声「こないだお兄ちゃん探したンだよ。風力発電凍っちゃってさア、電気なしですよここンとこ四日。中畑のおじちゃんは山行ってるしさア、哀れな子どもが二人で闇ン中――え？」

走る車内

螢、純をつついている。

純、螢を見、螢の目くばせに前の二人を見る。

運転席の時夫と助手席の草太。

何となくようすが変である。
時夫、突然カセットを入れる。流れ出す音楽。
草太手をのばしすぐに消す。顔見合わせる純と螢。
間《ま》。
時夫「────」
草太「(突然) じゃあ本当に断わっていいンだな」
間。
草太「ア、ソウ」
時夫「────」
草太「ならいいよ、お前がそういうなら」
時夫「────」
草太「断わるべ。アア。断わろ。きっぱり断わろ」
時夫「────」
間。
草太、憤然とカセットを入れる。
流れ出てくる松田聖子。

飛ぶ景色

草太の口笛。
──しばらく。
草太「(突然) 鏡があるのかおめえンちには、え?」
時夫「────」
草太「てめえの面と齢棚にあげて、よくまア相手のことガタガタいえるよ」
時夫「────」
草太「これじゃ農家に嫁こねえはずだ」
時夫「────」
草太「おまえンちも終《しま》いだわ気の毒にまア。三代かかってきずきあげた畑。──おやじさん泣くべな、おふくろさんもな」
時夫「────」
草太「よくいうよその面で、相手がブスだなンて」
車、いきなりガクンと止まる。
激しいドアの開閉音。
草太「コ、ノ、野郎!」

雪原

止まった車から逃げだす時夫。草太追いかけとっつかまえて、
草太「コノ (ドヅク) まだ (ドヅク) 話 (ドヅク) 終ってねえべ!!」

ふたたび走る車内

草太運転。助手席の時夫。
純と螢。

草太「まったくなンでオラこんなことしてるの！」
時夫「――」
草太「やんなるわまったく。人のため、人のため！」
時夫「――」
草太「てめえの嫁さんだってまだだってのに」
語《り》（純の声）「拝啓、恵子ちゃんお元気ですか」

丘陵

走る車。

語《り》「今日は十二月三十日。父さんとクマさんが出稼ぎから帰ってくる日です。草太兄ちゃんが駅まで車で迎えにつれてってくれることになったンだけど。――お兄ちゃんは今青年団の、農村花嫁対策委員で」

走る車内

草太の横顔。

語《り》「花嫁探しにものすごく燃えており」
時夫「(突如興奮) したっけ人にはそれぞれ考えがあるべ！」
草太「おう、あるゾ」
時夫「やなもンはやだべ！」
草太「おう、やだゾ」
時夫「草ちゃんだってあんな、ア、あんな、二目《ふため》とみられんブスあてがわれて」
草太「ちょっと待て」
時夫「（つづく）一緒になれって強制されたら」
草太「ちょっと待てお前、二目と見られんて簡単にそういうけどそりゃお前あくまでお前の主観だべ？」
時夫「そうだ主観だ」
草太「そりゃ美人でない、そりゃオラも認める。したっけ二目と見られんちゅったら」
時夫「したっけみんなそういってくれた」
草太「みんなってだれよ」
時夫「――竹ちゃんだって」
草太「アハハハハハハ。オイ」
時夫「――」
草太「オイ、見たべさ」
時夫「何よ」
草太「竹ンとこの牧舎。あいつ自分で色塗り変えたの」

時夫「――」
草太「ツートンカラーで自慢してっけど、ピンクと紫だゾお前、そういうやつだゾ」
時夫「――」
草太「あいつにものの美しさがわかるかバカ間。」
時夫「竹ちゃんだけじゃない、みんないうとる。だいたい草ちゃん強引すぎる。みんなの気持考えてくれとらん」
草太「待て」
時夫「人の嫁とりは一生問題だ。犬のかけ合わせとはわけちがう」
草太「ちょっと待て」
時夫「浮田の大ちゃんの時だってまるで脅迫されとるみたいだって大が」
草太「大がてめえそんなこといったのか」
時夫「小田島だってあんないきなり」
草太「ちょっと待て大がそういったのか」
時夫「(無視) さア来たさアどうだ一緒にひっつけて」
草太「ちょっと待てコノ野郎」
純「危ないッ!!」

道

他車とすれちがい、スリップして回転し雪の壁につっ込む草太の車。

富良野駅ホーム

列車がすべりこむ。
ホームで父を探す純と螢。
下りてくる五郎にとんで抱きつく。
音楽――明るくイン。B・G。

走る車窓(車の中から)

五郎「それじゃア、ずっとランプか」
純「そう」
螢「辰巳さんとこから借りてきたの」
五郎「恐かったろう」
螢「お兄ちゃんがね」
純「ちがうちがう!」
螢「何よ人の布団に入ってきたくせに」
純「ウワアウワアウワアウワアウワア」
五郎「だらしねえなア」

純「ねずみがいるンだもンだってあの家」
五郎「ねずみ？」
螢「そうヤチネズミ」
純「天井裏に巣作ったらしくてさ」

家の前（夕暮れ）

家へ歩く三人。
五郎「ああ！」
純「雪子おばさん?!」
螢「逢ったの?!」
五郎「ああ！」
純「元気だった?!」
五郎「元気だったゾオ、土産と手紙あずかってる」
二人「本当オ!!（うわア!!）」
純「おばさん今何してンの」
五郎「旅行社につとめてる。正月にみんなホラ海外へ出るだろ、だから一番忙しい時で」
螢「アレ？」
五郎「あ？」
螢「足跡がある、ホラ（窓の下を指す）誰か来たのかな」
戸が開き辰巳と友子が顔を出す。
友子「お帰り」
螢「おばさん！」
純「びっくりさせないでよ！」
辰巳「おかえり」
五郎「ただ今。留守中いろいろありがとう！」
辰巳「二人でしっかりやってたぞ」
友子「一度泣いた子いたけどね」
純「ウワアウワアウワアウワアウワアウワア」

朝・雪原

語り「翌日は大晦日《おおみそか》で、朝から大変だった。父さんじゃなくちゃあできない仕事が一月半分たまっていたからで」
五郎の車が走ってくる。

風力発電

五郎「（上から）それとってくれ！」
純「どれ?!——これ？」
五郎「それだ！　放れ！」
純「放れないよ！　持ってく！」
五郎「大丈夫か」
純「大丈夫！」

電柱に上がって、純、道具を渡す。
五郎、受けとりつつふと彼方を見る。
純も。

純「中畑のおじさんだ」

道

車から歩いてくる和夫とすみえ。
電柱から下りて迎える五郎と純。

和夫「お帰り！」
五郎「ただ今。いろいろありがと」
和夫「ホレコレ門松。山でとってきた。それと（段ボール渡して）ミカンと裏白と輪飾り入ってる」
五郎「悪いねえ」
すみえ「ねえ純君！　正吉君来なかった?!」
純「正吉?!」
五郎「正吉？」
和夫「イヤ」
五郎「みどりちゃんたち来てるのか！」
和夫「いやちがうンだ、――じつはついさっき駐在さん来てな、旭川の署から連絡があってこっちに正吉が来てないかっていうンだ」
五郎「署から?!」
純「どうしたの?!」
五郎「何かあったのか」
和夫「捜索願いが出てるらしいンだ」
五郎「捜索願い？」
和夫「家出したらしいンだ」
五郎「家出?!」

純のクローズ・アップ。
音楽――鈍い衝撃で入る。Ｂ・Ｇ。

螢「（出てくる）どうしたの」（すみえ教える）
五郎「いつ」
和夫「一昨日らしい」
五郎「一昨日」
和夫「五郎お前知ってたか！　みどりちゃんが旭川に帰ってたの」
五郎「ああ。去年の夏に一度逢った」
和夫「俺ァまた札幌かと思ってた」
五郎「それで――こっちに来たらしいのか」
和夫「いやそりゃわからん。念のためだそうだ」
五郎「こっちに来たら顔出すだろう」
和夫「うン」

五郎「(子どもたちに) 見てないよな」
純・螢「(うなずく)」
五郎「それで――いくらくらい持って出たンだ」
和夫「千円たらずしか持っとらんはずだと」
五郎「千円でいったい――どこで寝てるンだ」
和夫「――知らん」
五郎「大体いったい――何で家出したの」
和夫「わからん」
　純。
語《り》「あの正吉が家出した！　一年半前別れたきりの――ぼくと同い齢のあの正吉が、この年末に家をとび出した！」
　音楽――異常にもりあがってくだける。

家の灯

　夜の中にポツンとともっている。
　かすかに聞こえるラジオの紅白歌合戦。

玄関

　門松とお飾り。

暖炉

　玩具のような鏡餅。

窓

　氷の結晶。

氷柱《つらら》

　軒から下がっている。

家の中

　ラジオから流れている紅白歌合戦。
　ストーブのそば、ベンチの上に、疲れ果て眠ってしまった五郎。
　純が二階からソッと毛布を下ろす。
　螢、下で受取り父の上にそっとかけてやる。

ラジオ

　華やかな東京の大晦日の祭典。

ストーブ

　音をたてているやかんの湯。

螢「(低く。以下同じ) お兄ちゃん」
純「?」
螢「正吉君本当にどこ行ったのかなア」
純「――知らねえよ」
螢「本当にこっちに来なかったと思う?」
純「来たら顔出すに決まってるじゃねえか」
螢「そりゃそうだけど」
純「あいつの住んでた廃屋だって、それからあいつの寄りそうな所、全部警察で調べてくれたンだ」
螢「――――」
純「来てたらとっくに見つかってらあ」
螢「――――」
純「何も好きこのんで旭川からよ、こんな淋しいとこ来るわけねえじゃん」
五郎、何かいって寝返りを打つ。
二人。
紅白歌合戦。
螢「昨日螢足跡があるっていったでしょ」
純「――いつ」
螢「ホラ。父さん迎えに行って帰ってきた時」
純「――――」
螢「だれか来たって螢いったじゃない?」
純「辰巳さんたちが来てたンじゃねえか」
螢「でもあの足跡窓の下にあったンだもン」
純「辰巳さんが窓の下歩いたンだろうが」
螢「どうかな」
純「当り前じゃねえか」
間。
螢「螢はあれ、正吉君の足跡みたいな気がする」
純「――――」
螢「正吉君ここに来たンじゃないかな」
間。
純「来たらどうして顔出さねえンだよ!」
螢「でも何か深い理由があって」
純「(うんざり) あのさア! 紅白静かにきかしてくんない?! 今郁恵ちゃんうたってるンでしょうに!」
五郎、何かブツブツ寝言いう。
純と螢。
榊原郁恵がうたっている――
語り「NHK紅白歌合戦。去年も今年もラジオできいてる。母さんがいつか持ってきてくれた、もうこわれかけたこのラジオ。こっちへ来てからテレビでは見てない。

いや。最初の年、一昨年は——そうだ。一昨年はテレビを見かけた。見かけたけどやめたンだ。あのことは忘れない」

榊原郁恵急速に遠のき、かわりにしのびこむ八代亜紀の「雨の慕情」。

記憶

語り「あの時、母さんはまだ生きていた。生きていたけど遠くに住んでた。ぼくは——母さんに逢いたくて逢いたくて。あの晩、螢と正吉の家に、紅白を見に二人で行ったンだ。だけどそこには正吉のお母さんが旭川から帰ってきており。正吉は母さんとふざけ合っており」

ふざけ合っている正吉とみどり。

立ちすくんでいる純と螢。

圧倒的な「雨の慕情」。

入りそびれて——

帰って行く二人。

家（現実）

純。

——フト気づく。

螢がいない。

表

螢がポツンと外に立っている。

純、出る。

純「どうしたンだ」

螢「（首ふる）」

純「——」

螢「正吉君が来てるンじゃないかって」

純「——」

語り「同じことを考えてると思った」

神社

「おめでとう」

「おめでとう」

挨拶交して行き交う人々。

拝殿で拝んでいる純、螢、五郎。

拝み終え、階段を下へ下りる。

かがり火が焚《た》かれている。

中畑一家とすれちがう。

挨拶を交す。

五郎は和夫と立ち話。
突然螢が純の手をつかむ。
純、見る。
かがり火の脇に光る目でじっとこっちを見ている一人の少年。
純「(口の中で)正吉——!」
五郎と和夫ふりむく。
正吉バッと逃げる。
純「正吉!!(追う)」
五郎「正吉!!(追う)」

雪の空地

つっきって逃げる正吉。
純、追いすがってタックルする。
音楽——鋭く切りこんではじける。

2

風呂(家)

一緒に入っている純と正吉。
純「何で逃げたンだよ!」
正吉「おふくろが来てると思ったンだ」
純「どこにいたのさ!」
正吉「まアな。ちょっとよ」
純「ずっとこっちにいたのかよ!」
正吉「こっちといやアまアこっちだけどよ」
純「どこに寝てたンだよ」
正吉「(笑って)いいじゃないですか」
純「心配したンだぞ!」
正吉「ワリイワリイ」
純「いったい何で家出なンかしたンだ」
正吉「まアいろいろと。家庭の事情」
純「ずっと旭川にいたのかよ」
正吉「転々よ転々。札幌の学校に一時いたンだけどよ。ちょっとまずいことあっちゃってよ」
純「何」
正吉「同級生に怪我さしちゃってよ」
純「怪我?」
正吉「指ズモウしたンだよ指ズモウ。な。そしたら相手の指折れちゃってよオ」
純「指ズモウでかよ」

正吉「おお！　札幌のやつらの指ときたらお前、割箸みてえよ、まいったぜオレ」
純「本当かよ」
正吉「（上がりつつ）そしたらオレが悪人にされちゃってよ」
純「（上がりつつ）どうして！」
正吉「どうしてって教師までお前」
螢「（突如のぞく）正吉君ねまき。ここ置く（ひっこむ）」
正吉ガバとまた首までつかっている。
純。
純「どうしたンだよ」
正吉「――――」
純「何やってンだよ」
正吉「鍵かかンねえのかよこの風呂場」
純「鍵なンかかかるわけねえじゃねえか」
正吉「――――」
純「何やってンだよ」
正吉「まずいンだよお前。オレもうまずいンだ！」
純「何が」
正吉「お前まだかよ」
純「何がよ」
正吉「オレもう一本よ。生えてきたからよオ」
純「何がア」
正吉「――チンポに毛がよオ」
純「エエッ!!？」
正吉「――ああ」
純。
純「見して見して！」
正吉「――――（見せる）」
純「――（見て）アヤア！――ウワア！――アタア！――もう一回見して」
正吉「（見せる）」
純「（感動）ウワア――」
正吉「お前まだ全然？」
純「全然」
正吉「楽でいいよなア」
純「イヤ、ケド――ウワア――尊敬しちゃうよなア！　オレまだだもなア！　気配もねえもなア！　イヤアまいったなア。――もう一度見して」

交番

中に礼をして出てくる五郎。車へ。

ヘッドライト近づき、和夫とみずえ顔を出す。
和夫「みどりちゃんと連絡ついたか」
五郎「ついた」
みずえ「いつ来るって」
五郎「明日の一番で」
和夫「いったい何があったンだ」
五郎「さア」
みずえ「それで——正吉君どうしてるの」
五郎「ケロッとしてるわ。元気なもンだ」
和夫「今夜、いいのかお前にまかして」
五郎「ああそりゃ大丈夫だ」
みずえ「うちもいいのよ」
五郎「いや、純たちもよろこんでるから」
和夫「そうか。じゃま頼むわ」
五郎「ああ」
和夫「まったく大晦日にびっくりさせやがって」
五郎「じゃいいお年を」
和夫「ああ」
みずえ「五郎さんも」
五郎「うン」

雪の道

五郎の車、帰ってくる。
音楽——静かな旋律ではいる。B・G。

家

五郎入る。
ストーブに火を足し、溜息をつく。
疲れている五郎。
二階を見上げる。
ランプをもってソッと上がる。

二階

眠っている三人。
五郎。
——下りかけ、フッと正吉を見る。
その目に涙がたまっている。
五郎。

表

月光の下にキツネが来ている。
音楽——ゆるやかにもりあがってくだける。

年賀状（朝）

純の声「ア、オレ五枚！」
螢の声「あたし四枚！」
純の声「雪子おばさんだ!!　何コレ」
螢の声「イノシシじゃない」
純の声「ブタかと思ったぜ！」

家

螢「ア、これ涼子先生！」
純「うわ！　本当だ本当だ涼子先生だ！」
螢「どここれ、オンナマン」
純「オンナマンベツ。オンナマンベツってどこだコレ正吉!!　アレ？」
　屋根で音。
　純と螢。

屋根

　雪下ろししている正吉。
　とび出してくる純と螢。
　森から帰ってくる五郎——足を止める。
純「危ないよ正吉！」
正吉「まかしとけって」
　五郎。
　——近づく。
五郎「大丈夫か」
正吉「馴れたもンすよ」
五郎「——悪いな」
　純。
語り「反省した。正吉には年賀状が来てないわけであり」
　自動車の音。
　ふりむく一同。
　屋根で顔あげる正吉。

道

　急ぎ足で来るみどり。

家の前

　五郎。——屋根を見て。
五郎「正吉」
正吉「——」
五郎「正吉！——下りてこい」

正吉、ふてくされたように下りてくる。

みどり近づき、いきなり正吉をつかまえひっぱたく。

純。

みどりの目から涙がふき出す。

みどり、正吉をギュッと抱きしめる。

螢。

みどり、また正吉をつき放しひっぱたく。

また抱きしめる。

五郎。

——そっと寄り、みどりの肩をたたく。

純と螢。

家の中

ストーブに薪がくべられる。

五郎とみどり。

五郎「(微笑) いったい何があったンだよ」

みどり「スミマセン。——ごめんね五郎ちゃん」

五郎「(笑って) うちならいいよ、——それよりどうしたの」

みどり「——いろいろあってね」

五郎「——」

みどり「思春期でしょう」

五郎「——」

みどり「私も一人で。——水商売だからさア」

五郎「——」

みどり「あるじゃないいろいろ。だからそういうの」

五郎「——」

みどり「私が結局いけないンだけどさ」

火のはぜる音。

五郎「たいへんだな」

みどり「バカなのよ」

みどり。

——湯のみの酒をちょっと飲む。

みどり「五郎ちゃん私——」

五郎「——何」

みどり「迷惑ついでに頼んでいいかな」

五郎「——何」

間。

みどり「あいつ、——も少し置いてもらえない？」

五郎「いいよ」

みどり「——」

五郎「どうせ学校二十日頃まで休みだろ？」

間。
みどり「いけない」
五郎「何が」
みどり「甘えすぎてる」
五郎「（笑う）バカ。子どもたちもよろこぶよ」
みどり「本当？」
五郎「本当だよ」
間。
みどり、ピョコンと頭を下げる。
間。
みどり「私さ」
五郎「――何」
間。
みどり「ううん、いいンだ。ごちそうさま（立つ）」
五郎「何だもう行くンかい」
みどり「いろいろあるの、旭川で今日中に。タクシー待ってもらってるし（財布から金出し）これ」
五郎「何」
みどり「あいつの食費」
五郎「バカ」
みどり「とって」
五郎「よせよ！」
みどり「気がすまないから（押しつけて戸口へ）」
五郎「みどりちゃん！」
みどり、戸口でふりかえる。
みどり「ねえ」
五郎「あ？」
みどり「だれか来なかった？」
五郎「何が」
みどり「私のことで――五郎ちゃんとこに」
五郎「いや」
みどり「――」
五郎「何」
みどり「ううん来なきゃいいの。じゃ悪いけどお願いするね」
五郎「みどりちゃん」
みどり「――ん？」
五郎。
五郎「何か――困ったことあったらいってくれ」
みどり「――」
五郎「なンもオレ――とくには――できンと思うけど――」

みどり。

間。

急に五郎に手を合わす。

みどり「罰当たります（外へ）」

表

屋根の雪下ろしをしている正吉。

下で手伝っている純と螢。

みどり、正吉を見上げて、

みどり「正吉！　四、五日こちらにいさしてもらうからね！」

正吉「（無視。働く）」

みどり「いいね！」

正吉「（無視。働く）」

みどり「母ちゃん帰るからね！」

正吉「（無視）」

みどり、あきらめ行きかけるが、突然血がのぼって走り戻り、梯子《はしご》を屋根へ上がろうとする。

みどり「このバカ！　母親が！　帰るっていってるのに！」

五郎「（必死に抑えて）よしなよよしなよちょっとみどりちゃん！」

音楽──静かな旋律ではいる。

榊原郁恵のポスター

二階の壁に貼ってある。

その二階

年賀状の返事を書いている純と、ポスターをぼんやり見つめている正吉。

正吉「（ポツリ）オイ」

純「ン？」

正吉「お前──（ポスターをあごで指し）こういう女が趣味か」

純「──うン」

間。

正吉「重そうじゃねえか」

純「これでも前より軽くなったンだゾ！」

正吉「──」

純「お前はどういう趣味なンだよ」

正吉「──」

純「エ？」

間。
正吉「いうからなア」
純「いわねえよオ」
間。
正吉「本当にいわない？」
純「知ってっだろオレの口のかたいの」
間。
正吉「蛍ちゃんみたいのだ」
純「(仰天) エエッ?! あんなブスが?! (コツンと殴られて) イテッ」
正吉「殺すぞこの野郎でけえ声出したら」
純「ゴメン」
間。
正吉「お前は広く世間を見てないから、そういう非常識がいえるンだよバカ」
純「それじゃあいつはきれいかよ」
間。
正吉「本当いうとよ」
純「――」
正吉「三十日に来たんだ」
純「家に?!」

正吉「ああ」
純「どうしてそン時入ンなかったンだよ！」
正吉「蛍ちゃん見てショックを受けた」
純「――」
正吉「あんなにきれいになってたンでたまげた」
純「――」
間。
正吉「それにまた元旦にショック受けた」
純「――」
正吉「純、お前、自分の歯ブラシ、人に平気で使えっていえるか？」
純「歯ブラシ?!」
正吉「ああ」
純「人に?!」
正吉「ああ」
純「やだよ不潔だよ汚ねえよ！」
正吉「ンだべ？」
純「――」
正吉「蛍ちゃんオラに平気で貸してくれた」
純「(目をまるくする)」
正吉「清潔なやつにならまだわかるゾ。オラにだぞ？ オラに平気で使えっていったンだゾ」
　純。
純「キッタネエナア——！」
正吉「そうじゃねえンだよ。やさしいンだよ」
純「——」
正吉「やさしいからオラ、ショック受けたンだ」
純「——」
正吉「榊原郁恵が平気でお前に自分の歯ブラシ貸すと思う
　か？」
　音楽——低くつづいている。
　純。
純「正吉お前病気じゃねえか」
　間。
正吉「そんな気もする」
　間。
純「あンなのでいいなら何とかすりゃいいじゃンか」
正吉「何とかって——どうすりゃいいンだよ」
純「たとえば——スカートめくっちゃうとかよ！」
　ポカン!!
純「イテッ。イテエナアア——」
正吉「お前許さねえぞそんなことしたら」
純「イテエ——オレがやるわけねえじゃねえかよ！　妹の
　スカート、何でめくるかよオ！」
螢「（突如下へ入って）お兄ちゃん！」
純「ア、ハーイ!!」
螢「表にだれかいる！」
　音楽——切れている。

表

　雪がチラホラ降っている。
　その中に立っている一人の老人。
　純と螢と——正吉も出る。
純「ハイ？」
老人「——」
純「何でしょう」
　老人——なつかしげに家を見ているが、
老人「ここは——だれの家」
純「黒板ですけど」
老人「黒板！——兵吉《ひょうきち》？」
純「イエ、五郎です。黒板五郎」
老人「黒板五郎。——兵吉はおらん？」
純「兵吉——ってたしかおじいちゃんのことだと思うけど

——ぼくが生まれる前に死にました」
老人「——死んだ」
風の音。
老人「そうか——兵吉が——死んでしもうた。——うン」
純と螢。
正吉。
純「おじいちゃんはだれですか」
老人「お年玉をやろう。（ふところを探って袋を出す）ハイ。三つ」
純「アヤア！ アレアノ、でもぼくおじいちゃん」
正吉「どうも！ ありがとうございまアす!!」
純「アレアノだけど——おじいちゃんはだれですか?!」
老人、飄々《ひょうひょう》と雪の中を去りつつ、
老人「昔おったモン」
去って行く。
純「ありがとございまーす!!」
螢「ありがとう！」
正吉「やったア！（袋を開く）」
純「いくらだ！」
正吉「何だオイ！ エッ？ たった五十円?!」
純「しッ！ きこえるよッ！ きこえるべさッ!!」
雪、風に舞う。
その中を飄々と去って行く老人。
音楽——

3

門松

五郎の声「沢田松吉?!」
友子の声「おぼえとるっしょう！」
辰巳の声「ホレアノ沢田農園の」

家・表

友子「そう！ ホレ豆景気で豆大尽《だいじん》っていわれた」
五郎「ああ、アノ」
辰巳「何年だホレ、女こさえて借金つくって、最後は妻子おっぽらかしてキャバレーの女と駆落ちしちまった」
和夫の声「沢田の松吉ってあの松吉さん?!」
音楽——明るく急テンポにイン。B・G。

中畑家

みずえ「松吉さんがまだ生きてたの?!」
五郎「そうなンだと！」
和夫「イヤイヤとっくに死んだと思ったゾ」
五郎「それが八十もう越しとるらしいけどピンピンしとって東京で成功して」

道

小走りに来る中老二名。
中老1「いつよ！」
中老2「昨日だ！　什介《じゅうすけ》がつれてきてよ！」
中老1「イヤイヤイヤイヤ」
中老2「山部に親せきがいたっていうでしょう！」
中老1「イヤイヤ幽霊生きてたもなァ！」

中畑家

和夫「(電話に) 振興会長さんかい。中畑でした。イヤイヤ沢田の松吉っつぁんの話、――イヤ今きいたとこ」

振興会長和泉の家

和泉、はかまをはきながら、
和泉「イヤイヤこっちも什介の報せでよ。何でも今夜席持ちたいから主だったもンに集まってくれっていうでしょう」
語り「その朝麓郷《ろくごう》の静かな正月は、その人の話で持ちきりになった」

道

たむろして話している近所の人々。
語り「沢田松吉さんというそのおじいさんはこのあたりの開拓の草分けの一人で、昔富良野が豆景気で栄えたころ、豆で大儲けして大きな家を建て、豆大尽と呼ばれてた人で」

別の道（中畑家・前）

小走りに来る什介。――中畑家へ。
語り「だけど遊びすぎて借金をこさえ、奥さんや子どもや何もかも捨ててキャバレーの人と駆落ちしちゃった伝説上のものすごい人であり」
草太の車来て草太下りる。（音楽、消滅）
土場で遊んでいた純たち気づいて、
純「お兄ちゃーん！」
草太「おう！」

純・螢「おめでとう！」
草太「おう！　（正吉に気づいて）オ、このガキ家出して来たっていうべ」
正吉「おめでとうございます」
草太「何がおめでとうだ親不孝者！　（コツン）」
正吉「イテッ」
草太「しばらく見ねえうちにでかくなりゃがって（中畑家へ）」
純「お兄ちゃんお兄ちゃんお兄ちゃん！」
純、草太の耳へコチョコチョと。
草太「（びっくりして）毛が生えたァ?!」
純「しッしッ。アワワワ、ワァワァワァ」
草太「このガキァ——（正吉に近づいておでこをつつく）それで——届けはすましたのか」
正吉「届け？」
草太「初めて生えたら市役所に届けるンだ」
正吉「ええッ?!」
純「ウソだァ！」
草太「ウソでないバカ。そんなこと学校で教わらんのか。兄ちゃんたちみんなきちんと届けてる」
純「——本当？」
草太「したら戸籍に判ついてくれるンだ。丸ケッて赤い判。届けろ、すぐに。ア、振興会長来た。会長に届けりゃやってくれる（中へ）」
正吉「ア、イヤだけどぼく今旭川で」
草太「本籍こっちだべ。丸ケは本籍でやるもンだ。（家の中へ）おめでとうございますッ！」
純「丸ケ」
正吉「本当かな」
チョコチョコやってくる和泉会長。
純「一応、でも会長に」
和泉ソソクサと中へ入ろうとする。
正吉「ア、ア、アノ」
和泉「？」
正吉「チンポに毛が生えたらアレ、——届けるンすか？」
和泉「——」
正吉「ア、——ア——届けますオレ」
和泉「——」
和泉、何思ったか正吉のおでこにチュッとキスして中畑家へ。
和泉「（中で）イヤイヤおめでとう什介さん来たかい。あいるね」

語《り》「その晩はみんな小野田の二階に集まった」

小野田旅館・表

その灯。

語《り》「その問題の歴史上の人物、沢田の松吉さんという有名人が、みんなにおごりたいと申し出たからで」

玄関

いっぱいのはきものの群。

二階の拍手。

廊下（二階）

純と正吉ソッと中をのぞく。

和泉の声「ええ、一九八三年、おめでとうございます！」

一同の声「おめでとうございます！」

和泉の声「ええ、この新年の幕開けに際し、何とも何ともふさわしい事件が起きました」

広間

純たちの目線で移動していくカメラ。

和泉「（つづく）ここにおられる沢田の松吉さんが三十年ぶりにかくもお元気で、この麓郷に帰ってこられたのであります」

一同の拍手。

正吉の声「何だ！　今朝来たじいさんじゃんか！」

純の声「本当だ！　今朝の五十円だ！」

みずえの声「あんたら何してンのあっち行って」

正面で一礼するあの老人、沢田松吉。

和泉の声「（つづく）みなさんすでにご案内の通り、松吉さんは明治末年、三軒家よりこの麓郷に入られ、すでになくなられた岡久右衛門さん、布施大三郎さん、黒板兵吉さん、笠松杵次《きねじ》さんなどと共に開拓の祖ともいうべき大先輩でございます。松吉さんはその後この地を去り、遠く東京で医薬品関係のお仕事を興され大成功をおさめられて今は悠々自適というか（つづく）」

末席、五郎の脇にいる時夫。

その目がさっきから一点に定まって動かない。その視線――対岸の席にいる一人の少女、沢田妙子。――顔を伏せるようにじっと坐っている。

和泉「（つづいている）会長職に退かれているという、いわば麓郷の出世頭であります。この度フッと思い立たれ、死ぬまでにもう一度故郷を見たい。故郷に帰ってみんなに逢いたい。そういうことでこられたのでございます。松吉さんは東京で三十年、片時もこの富良野を、麓郷のことを、忘れることがなかったと申されます。では。——沢田松吉さんに一言ご挨拶をいただきます」

猛烈な拍手。

松吉、立ち上がる。

静寂。

松吉「沢田——。松吉でございます」

長い間。

松吉「ふるさとは——遠くにありて想うもの」

長い間。

松吉「故郷。——まことに忘じがたく候」

間。

松吉「感無量の一語でございます」

長い間。

松吉「昨日、水沼什介君が、なつかしいヴァイオリンを出してきてくれました」

間。

松吉「当時を想い出し、——語るより、——うたいます」

猛烈な拍手、声援。

什介、古びたヴァイオリンを出して立つ。

かまえる。

松吉「横井弘先生作詞。八洲《やしま》秀章先生作曲。あざみの歌」

拍手。

ヴァイオリン、哀しくも下手くそに泣きはじめる。

松吉「(うたう) 〽山には山の　愁いあり

海には海の　悲しみや

ましてこころの　花園に

咲きしあざみの　花ならば

時夫と妙子のカットバック。

時夫の脇にいる五郎。

その五郎をソッと中川が呼びに来る。

同・廊下

二人出る。

中川「お客さんです」

五郎「だれ」

中川「高山さんって人ともう一人。豚舎の事務所で待ってもらってます」

五郎「高山?」

名刺

高山二郎（高山産業専務取締役）。

中畑豚舎事務所

ストーブの火が音たてている。

封筒から書類を出し、五郎に渡す高山。

脇にもう一人、爪をかんでいる男、舟田。

五郎――書類を見る。

間。

五郎「――ハイ？」

高山「期限をとうにすぎちまっとってね」

五郎「――――」

高山「みどりのやつ払えんで逃げ廻っとるンだわ」

五郎「――――」

五郎、もう一度書類を見る。

書類

「借用証」の文字。

「笠松みどり」の文字。

「連帯保証人　黒板五郎」の文字。

そして判。

高山「で、まァ半月待ったンだけどね、みどりに結局弁済能力ないみたいなンでね」

五郎「――――」

事務所

高山「正月早々やなンだけど、こっちも完全に煮つまっちまっとるし。連帯保証人のあんたにひとつ、この七百万お願いしたくて」

五郎のクローズ・アップ。

借用証

「7,000,000円也」の文字のクローズ・アップ。

事務所

五郎。

――心臓が鼓動を打ちだす。

五郎「何か――よく――話が」

高山「話がってこの判――あんたのでしょ」

五郎「――ハイ」

高山「このサインも」

五郎「――ハイ」

高山「だったらこれあんたに、責任行くしね」
五郎。
鼓動音。
五郎「け、けどアノ、――じゃみどりちゃんと」
舟田「あいつと話してももう無駄なンだ。払えンのだし。逃げよるンだし」
五郎「――」
舟田「ま、悪いけどこれ、あんた持ってや」
五郎「いやしかしそんなこと、オレだって金ないし」
舟田「土地はあるべさ」
五郎「――」
舟田「(手帳出す)東麓郷に、二町一反」
五郎。
舟田「現在あんたの住んどるとこだ」
五郎「――」
舟田「七百万になるかならんか、――ま、金がないならあれもらっとくわ」
五郎。
高山「正月早々本当にあんたにゃイヤな話で申訳けないンだけど、これもま、法律で決まったことなンでね」
五郎。
高山「松があけたらあらためてくるから、そん時までにはっきりさしといてちょうだいや」
五郎。
――一切の音が消えている。

中畑豚舎前(夜)

音のない世界。
車が五郎の目の前から去る。
五郎。
――煙草に火をつける。
その手がブルブルふるえている。
間。
五郎、ゆっくり小野田旅館へ歩く。
その後ろ姿――
いきなりたたきつける手拍子と笑い。

小野田旅館・二階

圧倒的にもりあがっている。
松吉得意ののぞきからくり。
手拍子ですっかりもりあがっている。
五郎、そっと入り、席につく。

和夫「(脇から) どうしたンだ」
五郎「ん?——いや」
五郎、合わして手拍子を打つ。
笑顔をつくろうとするがうまくつくれない。
その顔に、
音楽——鈍い衝撃ではいる。B・G。
陶酔しきっている松吉の芸。
五郎。

ヘッドライト

夜を切りさいてくる。

雪原 (家のそば)

五郎、車から下りる。
ドアをバンと閉め、——そのまま動かない。

家

ふりむく子どもたち。
一同「お帰ンなさい!」
五郎「(口の中で) ただ今」
螢「人が行ったでしょう。男の人二人」
五郎「ああ」
服を脱ぐ。
脱ぎつつチラと正吉を見る。
無邪気に花札をやっている純と正吉。
正吉「来たか越後の紺ガスリッと!」
純「ウワッ!」
正吉「待ってた丁さん今来たホイッとどうだッ!!」
純「ヒエーッ!! (ひっくりかえる)」
五郎。
螢、やかんをストーブにかけながら、フト、
螢「どうしたの」
五郎「——いや」
音楽——急激にもりあがる。

4

家の表・昼

語《り》「翌日父さんは急に昼ごろ、旭川へ行くといって車で出てった」
薪を割っている純と正吉。

ふりかえる。

語《り》「あのおじいさんが訪ねてきたのは、お昼をちょっと過ぎたころだった」

やってくる松吉。

松吉「よオ」

純「コンニチハ！」

松吉「お父さん。おられる？」

純「いえ、旭川へ行ってます」

松吉「そうか。――お母さんは」

純「母はいません。――一昨年死にました」

松吉「死なれた！」

純「ハイ」

松吉「そうか」

純「よかったらどうぞ入ってください。お茶でもいれます」

松吉「そりゃァ――うれしいな」

家の中

純「（入る）螢。お客様、お茶いれろ」

螢「いらっしゃい」

松吉「や」

螢「ストーブのそばがあったかいです」

松吉「うン」

松吉坐って子どもたちを見る。

ふところをゴソゴソやり袋をとり出す。

松吉「ハイ」

純「ハ？」

松吉「君たちにお年玉」

純「（びっくりして）ア、イヤ昨日」

正吉「（脇からひったくって）どうもすみません！　いただきまァす！」

純「あ、すみません！　いただきまァす！」

螢「（びっくりして）お兄ちゃん！」

正吉「ワァワァワァ（トイレへ）」

純「ワァワァワァワァ（螢に）お菓子なかった？」

螢、兄をにらみ、勝手場へ。

その螢を目を細めて見送っている松吉。

松吉「よう似とる」

純「ハ？」

松吉「（螢の横顔をうっとり見ている）」

純「似てるって、だれにですか」

松吉「かやちゃん」

純「かやちゃん？」
松吉「――あんたらのばあさんじゃ」
純「――」
松吉「――逢《お》うたこと、ない？」
純「ハイ、――ぼくらが生まれた時はもういなかったから」
螢「どうぞ」
螢、お菓子を運んでくる。
松吉「めんこい娘じゃった。よう働いて」
螢の動きをじっと目を細めて追っている松吉。
松吉「みんなでよう遊んだ。何もなかったが」
螢――茶をいれる。
松吉「兵吉。什介。笠松の杵次」
螢「どうぞ」
松吉「ありがとう」
ストーブの火。
松吉「笠松の杵次に逢いたいンじゃが」
純「(見る)」
松吉「杵次はどこにおる」
純「笠松のおじいちゃんは死にましたよ」
松吉「(見る)――死んだ！」
純「ハイ」
松吉。
松吉「いつ！」
純「一昨年の春です」
松吉。
松吉「杵次が死んだ――！」
純「ハイ」
松吉「杵次が――！　もうおらん」
松吉。

イメージ（一瞬）
大木に斧《おの》を打ち込む若かりし杵次。

家
松吉。
純「正吉のおじいちゃんです。正吉が――アレ？（螢に）正吉は？」
正吉、トイレから現れ、純に向かってひどい顔をする。
純「?」
正吉「（ゼスチュア――このお年玉！　また額同じ！）」
純「（ゼスチュア――エ?!　また五十円?!）」

正吉「（ゼスチュア――頭きたオレ！）」
純「（ゼスチュア――本当かよ！）」
松吉「あんた――杵次のお孫さんか」
正吉「――ああ」
松吉「家ァまだアノ、東麓郷にあるンか」
正吉「だれも住んどらん」
松吉「それでも残っとる？」
正吉「ああ」
松吉「昔のままで?!」
正吉「おっさん」
松吉「ア？」
正吉「おっさんは金持なンだべ」
松吉「金持。――アア。――うン」
正吉「したらお年玉の相場くらい知っとけ」
純「（仰天）正吉！」
正吉「今時五十円なンてクソの足しにもならん」

　純。

　螢。

松吉「（びっくりして）そうか」
正吉「――――」
松吉「そりゃあ、知らんで悪いことした」
正吉「――――」
松吉「どのくらいが相場だ」
正吉「まずふつうなら一人千円は」

　螢さり気なく正吉の椅子をひっくり返す。正吉、ころがる。

螢「（松吉に）笠松のおじいちゃんの住んでた家行く？」
松吉「う？　ああ行きたい。（財布をさぐる）千円――」
螢「うそです！　いいの！　そんなのうそ！　螢、案内する！　おじいちゃん行こ！」
松吉「しかし、千円」
螢「おじいちゃん行ってて！　螢すぐ行く！」
松吉「うン」

　螢、松吉を押し出し、用意しつつ正吉に恐い一べつ。

螢「最悪！」

雪道

　松吉と螢、出かけて行く。

語《り》「螢が怒って出てっちゃったら、気の毒なくらい正吉は落込んだ」

家の中

ストーブの脇で落込んでいる正吉。
純、いろいろと励ますが、正吉まったく無反応。
語り「本当にもうその落込みようったら、家出した時はケロケロしてたくせに、今度の場合は病気になったみたいで」
純――お手あげ。
語り「困った野郎だ！」
草太の声「困った野郎だぜ！」
いきなりたたきつける「北酒場」。

走る車内

運転する時夫と助手席の草太。
草太「本当にお前は困った野郎だ」
時夫「(上気している) わかってる」
草太「何がわかってるだ、勝手ばかりいいやがって！」
時夫「わかってる」
草太「お前こないだ何ていったンだ？」
時夫「わかってる」
草太「以後一切オラの力は借りねえって偉そうにそういったンじゃなかったのか」
時夫「わかってる」
草太「それが今さら何口きいてくれただ」
時夫「わかってる」
草太「きっかけ一つてめえでつけられずに、何が一切力は借りねえだ！」
時夫「わかってる、だから！　なんぼでも謝る。とにかく！　とにかく一度見た上で」
女の声「いらっしゃい！」

ラーメン屋

もりあがって流れている「北酒場」。
女「ミソ一丁塩二丁、都合三丁！」
男「アイヨッ」
草太の声「あれか」
時夫の声「あれでない！」
草太の声「いいかてめえラーメンはてめえのおごりだぞ」
時夫の声「わかってるわかってる何杯でもくってよォ」
片隅のテーブルにいる草太と時夫。
草太「勝手なことばっかりいいやがってまァ。だいたい農村花嫁対策 (つつかれる)」
つついている時夫。
ふりむく草太。

ラーメン持って奥から出る妙子。
時夫の声「アレだ」
草太。
「北酒場」
妙子の動きにフィックスしたカメラ。
妙子、ラーメンを客の席へ運ぶ。
時夫の声「妙子っていうンだ」
草太の声「――」
時夫の声「山部に住んでる」
草太の声「――」
時夫の声「少し齢ァくってるけど、――婿さん探してる」
草太。
――見とれて、少し口が開いている。
時夫「もともと農家の出だ。――農家、問題ない」
草太。
「北酒場」
草太「(少しかすれる)どうして知った」
時夫「沢田の松吉さん、――話きいとるべ」
草太「――」
時夫「あの人の孫娘だ。こないだ歓迎の席に来とった」
草太「――」
時夫「どうだ。な。いいべ?」
草太「――」
時夫「何とかして。草ちゃん――」
草太「――」
草太。
――ゆっくり煙草に火をつける。

夜の街

凍てついた街にほとんど人通りが絶えている。
かすかに雪が舞っている。
その街角の電柱の陰に、草太がそっと立っている。
草太の吐く息が真っ白だ。
草太の視線のラーメン屋の灯が消える。
裏口から出てくる妙子。
駅のほうへコツコツ歩きだす。
歩く妙子。
その前に、ピョコンと草太がとび出す。
草太「おばんでしたッ」
妙子、ちょっと驚くが無視して歩く。
草太「昼間逢ったもナ。あすこの店で」
妙子「(歩く)」

草太「いつからあすこにつとめてるの」
妙子「――」
草太「前にもたしか見たおぼえあるもナ」
妙子「――」
草太「富良野高だべ。卒業何年？」
妙子「――」
草太「オラ北村の草太っていうンだ。共同牧場で――あるべ、八幡丘の。あすこの跡とり。前これ（ボクシング）ちょっと、やっとって。こっち（頭）まるでパア。アハハ」
妙子「――」
草太「イヤイヤずっと独身で来ちゃってよ。いいのなかかいねえもナここには。イヤ前にはちょっとおったこともあるけどよ。ここンとこずっと清らかにやっとっ
た。アハ。そしたら沢田の松吉っつぁんが自分の孫娘で、――どうだろうかって」
妙子足を止め草太を見る。
草太、人なつっこく、ニコッと笑う。
草太「松吉っつぁんの孫だっちゅうでしょう」
妙子。
草太「妙子ってその名前、――オラ好きだもナ」
妙子。
行こうとする。
その肩をつかむ草太。
草太「お茶飲まんかい」
純の声「父さんだ！」

ヘッドライト

かなたから近づいてくる。

家・表（夜）

とび出す純、螢、正吉。
――目をこらす。
螢「ちがうみたい」
闇の中から急ぎ足に来る和夫と成田新吉。
和夫「おやじは」
純「まだ」
和夫「どこ」
純「旭川」
和夫。
和夫「うン」
顔見合わせる和夫と新吉。

純と螢。
純「どうしたの」
和夫「いや。じゃ帰ったら家に来てくれっていってくれ。十二時頃までなら起きて待ってる」
純「わかった」
和夫「じゃたのむ」
二人、去る。
純と螢、正吉。
純「どうしたンだろう」
螢「何かあったのかな」

雪原

止めてあった車へ来て乗りこむ和夫と新吉。
間。
和夫「新ちゃん。――その話たしかなのか」
新吉「たしかだ。舟田に直接きいたンだ」
和夫「――」
新吉「あいつはあんまりタチがよくねえ。旭川のサラ金と結んでるっちゅう話もある」
和夫「――」
新吉「そいつがいってンだ。まずまちがいねえ」
和夫「――」
新吉「五郎さんの土地の正確な坪数も、登記所でちゃんと写し取っとった」
和夫。
和夫「いったいみどりは何で借金したンだ」
新吉「詳しくは知らんがどうもバクチらしい」
和夫「バクチ――!」
新吉「そんなふうなこと舟田がいっとった」
間。
和夫「バクチの借金の連帯保証人に、五郎が判をついたってかい」
新吉「五郎さんバクチとは知らなかったンでないかい」
和夫。
音楽――低い旋律ではいる。B・G。
和夫「みどりの――笠松のこっちの土地は」
新吉「そんなもンとうにねえって話だ。借金のカタにみな取られとる」
和夫「――」

旭川

吹雪の中を蒼白に歩いている五郎。

語り「その時ぼくらはまだ何も知らなかったンだ。うちがそういう大変なことに、なりかけてるっていうそういう話は」
音楽——鈍くもりあがってくだける。

5

雪原

すさまじい勢いで走ってくる正吉。
正吉「（うたっている）〽もうじき春ですねえッ。恋をしてみませんかッ」

家の表

うたいつつつっ走ってくる正吉、雪ハネしていた純にとびつく。二人そのまま雪の中へつっこむ。
純「何だよッ」
正吉「ルンルルルンルンッ。オレに年賀状!!（ヒラヒラさせる）」
純「だれから」
正吉「蛍ちゃん！　クククッ、やさしいねえッ。（家へ）〽もうじきハールです、アッ、忘れてたお前に大ニュース！　ハイッ」
新聞さし出す。
純「何だよ。——エエッ?!」

記事（一月三日・スポニチ）

「榊原郁恵婚約！」

家の表

純「アタア！」
正吉「元気出しなッ。〽もうじきハールです」
純「蛍いねえぞ！」
正吉「（ふりむく）」
純「あのじいさんとデイトに行った！　蛍、じいさんに気に入られたみたい！」
正吉「（口の中で）アタア」
純「元気出しなッ」
草太「（走ってくる）純！　純！　仕度しろ！　ラーメンおごってやる！」
純「ラーメン?!」
正吉「オレも?!」

草太「お前もか。ま、いいや、すぐ行くぞッ」
二人「キャッホー！」
女の声「醤油一丁、ミソ二丁！」

ラーメン屋

　妙子、ラーメンを運んでくる。
草太「おう！　悪いな、ミソこいつら、醤油オレ。昨日大丈夫だった？　二日酔いしてない？」
妙子「(笑いをこらえてちょっとうなずく)」
草太「飲んだもナ。アレ、結局一本あけちゃったもナ」
妙子「(丼を配りつつ笑っている)」
草太「強いンだもン、オラ負けそうだったゾ。ア、今日、昼おごる。休み二時だな」
妙子「(ちょっとうなずく)」
草太「それまでいるからな。焦らんでいいからな。うまいとこあンだ。ラーメンのうまいとこ」
　妙子、去る。
　草太、食いかけて、自分を見ている二人に気づき、
草太「何見てンだ」
二人「(食う)」
語り「そういうことか」
　草太、想い出し笑いしながら食っている。
純「お兄ちゃん」
草太「ア？」
純「あんまりここで食わないほうがいいよ」
草太「——どうして」
純「またすぐ昼めし食うんでしょ」
草太「(コッン) 人の話盗みぎきしやがって」
純「盗みぎきしなくたってきこえるでしょう」
正吉「(食いつつ) お兄ちゃん」
草太「あ？」
正吉「けどあれちょっとまずいンじゃない？」
草太「何が」
正吉「ラーメンのうまいとこって、ここラーメン屋だよ」
草太「(食う) ——ハハハハ。お前そういうふうに考えるタチか。ハハハハ。オラそういうふうに考えンタチだ」
正吉「————」
草太「オイ (ゴソゴソポケット探って)」
二人「？」
草太「(机の下で金渡す) これやる。適当に——ここから消えろ」

正吉「――もう一枚」
草太「まったく、このガキァ！」

街

うろつく二人。
語《り》「二千円儲けたので街をうろついた。でも面白いことはあんまりなく。そのうち街の中学生らしいガラの悪いのにつかまっちゃって」

裏町

純「ゴメンナサイ」
学生1「少し態度がでかいンだよ」
純「スイマセン」
学生2「どこだお前ら」
純「麓郷です」
学生1「麓郷か」
学生2「オイ、ちょっとこのガキしごいてやるか」
純「ア、ア、アノアレ、成田ジムにいる北村草太って知ってますか」
学生たちちょっと顔を見合わせる。
学生たち「それが何だよ」
純「アノ、今ぼくら草太兄ちゃんの使いで。――草太兄ちゃんそこにいるから、ちょっと呼んできます」
学生たちとたんに弱気になってゴソゴソ小声で相談始める。
正吉「（突如）失礼ですけどどちらさんの身内ですか」
学生たち「――――！」
学生たちいきなりバッと逃げる。
正吉「待てこのヤロウ！」
純「やめろやめろやめろやめろやめろッ。調子にのるなッ」

道

歩く二人。
語《り》「草太兄ちゃんの悪名の、とどろいてるのにびっくりした。でもその草太兄ちゃんときたらおどろいたことに、まだあのラーメン屋にうろうろしており」
草太の声「ミソ四丁！　シオ三丁！」

ラーメン屋

働いている草太。
草太「エ？　何？　ア、シオ二丁か。醤油一丁にシオ二丁か！　ヤア悪い悪いアハハハオラまだ新人なもンだから。エエシオ三丁に――ん？　何だ？」
その窓。
ぼう然と見ている純と正吉。

正吉「ちょっと来い！」
顔見合わせる二人。

同・表

同・駐車場

二人来る。
純「何だよ」
正吉、草太の車の後部荷台に乗りこむ。
正吉「乗れ乗れ！　かくれてようぜ！」
純「ここにか?!」
正吉「あの二人もうじきこの車で出るべ？　車ン中でどんなことするか。見てやるべ。なッ。ククッ」
純「見つかったらどうするンだよ！」
正吉「そん時はそン時！　クククククッ」
純「(ワクワク) 知らねえぞオレ！」

ラーメン屋・裏

草太と妙子、出てくる。
しゃべりながら肩に手をかけている草太。駐車場へ
――
草太「ア」
車を止めて下りて来た時夫。
妙子「ン？」
草太「車、先に乗ってて」
妙子を行かして、
草太、ぼう然と立っている時夫を脇へひっぱる。
時夫。
草太「時夫」
時夫「――うン」
草太「――ダメだ」
時夫「――ダメって」
草太「――ひっかかる」
時夫「――ひっかかるって」
草太「――お前にゃ向かね。あきらめろ。またよそ当たってやる（行く）」
時夫「草ちゃん――！」
草太車にとび乗ってエンジンかける。
窓あけて、

草太「時夫！　元気出せ！　青春は長えンだ！」
ガーッとスタート。

走る風景

妙子の声「どうしたの？」
草太の声「いやァあのバカふられてばかり。何の話してたっけ。ア、そうだ」

走る車内

草太「だからそのオラのオジキ、黒板五郎って、口とんがって。コンナ顔してるの、コンナ顔」
妙子「(笑う)」
草太「アッ、面白い?!　今の顔面白かった？　もいちどやるかい。コンナカオ。コンナ」
妙子「(笑いつつ) どうしたのそれで」
草太「ア、イヤそれが。七百万の人の借金何もしらねえで軽うい気持で、判ついちゃったの連帯保証人の」
妙子「ウワア」
草太「それが借金した本人が、期限が来ても返せねえから責任ドーンとこっち来ちゃって。いやもう昨夜から大さわぎ」
妙子「――――」
草太「もともと金なンてねえ人なンだ。したっけ土地と家とられるってことになって」
妙子「コワーイ」

後部荷台

シートの下から出ている二人の足。
草太の声「イヤもうそれでゆんべはガシャガシャ。友だちは集まるわ振興会長は出てくるわ。ア、だいたいその元の借金つくったンがずっと麓郷に住んどったもンなンだ。ア、ホラいたべ、さっきもう一人。純とホレ一緒に。悪ガキみたいの。あれのおふくろ。それが元なンだ。それが旭川で水商売しとって――寒くない？」

前席

草太と妙子。
妙子「大丈夫」
草太「イヤイヤしたっけそしたらそこへよ、話きいておたくのじいちゃん出てきたもな」
妙子「――――(見る)」
草太「いやさすがだもナ、びっくりしたゾ。ひと言よポンと。オラの山売れ」

妙子。

草太「山売れってひと言でそういったもナ。人間のでかさまるでちがうもナ」

妙子。

草太「みんなびっくりしてそうはいかンて。したっけじいちゃんニコニコしたまま、——使ってないンだ。売って役立てろ。——寒くない?」

妙子「——(首ふる)」

草太「ヒーター調子、よくねえンだちょっと」

妙子「——」

草太「もっとこっち寄れば?」

フロントグラス

飛ぶ国道に雪が舞っている。

草太の声「手、ちょっとかしてみれ」

間。

草太の声「イヤイヤこんなに冷たい手してるでしょう」

後部荷台

シートから出ている二人の足。

音楽——静かな旋律ではいる。B・G。

ドライブイン・ラーメン

車ついて草太と妙子が下りる。

中へ——。

雪が舞っている。

間。

後部のドアを開けソッと出てくる純と正吉。

雪。

二人。

正吉「(小さく) どこだここ——わかるか」

間。

純「布部みたいだ」

正吉「——じゃ麓郷、こっちか」

純「——うン」

間。

正吉「歩いて行くか」

純「——うン」

歩きだす。

国道

歩く二人。

麓郷街道

雪の中をポツンと歩いて行く二人。

語り「ショックだった」

純と正吉。

語り「ものすごいショックを受けていた」

降る雪。

語り「でも。たぶんぼく以上に正吉はもっと、ショックを受けていたことと思われ」

トラックが雪煙を巻き上げて行く。

語り「拝啓恵子ちゃん。何もいえません」

歩く二人。

語り「父さん。その話、本当なンですか。ぼくたちそれで——どうなるンですか。土地をとられたら——何もありません。ぼくたちこの先。——どうするンですか」

低くしのびこんでくる中島みゆき。

妙子の声「ねえ」

ドライブイン・ラーメン

そのカウンターにいる草太と妙子。

草太「あ?」

妙子「——あの人、本当にそんなこといったの?」

草太「——何」

妙子「うちのおじいちゃん。——山売ればいいって」

草太「ああ。——どうして?」

妙子。

間。

妙子「そんなもンないよ」

草太「——?」

妙子「——どうしてあるのよ」

草太「——?」

間。

妙子「みんな錯覚よ。あの人の錯覚」

草太「——」

妙子「あの人に山なンてあるわけないでしょう」

草太。

妙子「何いってンのよ今さら急に。何もかも捨てて逃げ出したくせに」

草太。

妙子「東京でだってどうやって暮らしてるのか」

草太「——」

妙子。

妙子「呆けちゃってるのよ」

草太「――」

妙子「呆けて、昔の良かったころと、今とが区別つかなくなってるのよ」

草太「――」

妙子「今度だって急に、フラッと来ちゃって」

草太「――」

妙子「帰りのお金だって持ってないのよ」

草太「――」

低く流れている中島みゆき。

草太「いってやったのか」

妙子「――」

草太「錯覚してるンだって」

間。

妙子。

妙子「いえないのよ」

草太「――」

妙子「ここまで出かかってンのにさ」

草太「――」

間。

妙子「いいたくっていいたくって。みんなの恨みを。洗いざらいぶつけてやりたいンだけどさ。あの顔見てると――いえないのよね」

草太「――」

妙子「だって――」

草太「――」

間。

妙子「どうして？」

草太「――」

間。

妙子「ほとけ様みたいな顔になっちゃってるンだもン」

草太「――」

間。

妙子「十年近く逢わないうちに――」

草太「――」

妙子「すっかり顔が変っちゃってるンだもン」

草太「――」

音楽――「あざみの歌」低くイン。B・G。

墓地

その中にポツンと立っている松吉と螢。

松吉の顔。
その顔に、
かすかにきこえてくる馬ソリの音。

イメージ

馬ソリで来る杵次。
杵次「(馬に向かって) イヨッ」

山

松吉。

イメージ

自転車で雨の中、去って行く杵次。

山

松吉。

イメージ

橋の下、死んでいる杵次。

山

松吉。
松吉「(ポツリ) そうか」
螢「——」
松吉「杵次は、橋から落ちたか」
螢「——」
松吉「そうか」
間。
螢「おじいちゃん、冷えるからもう行こう」
松吉「うン」

道

降る雪の中、手をつないで歩く螢と松吉。
音楽——

6

共同牧場(遅い午後)

草太の車が帰ってくる。
草太、車を下り家へ歩いて、扉に手をかけ、そのまま立ち止まる。

家の中

　うつむいている五郎の姿。
　五郎を囲んで清吉、正子、そして和夫。
　間。
清吉「みんなに迷惑かけたくないっていうお前の気持はよくわかる」
五郎「――」
清吉「したっけそしたらどうするンだ」
五郎「――」
　間。
清吉「お前に金を貸してくれるとこがあるか」
　うつむいている五郎。
　間。
清吉「万一貸してくれたとこがあったって、返済する目処《めど》がお前にあるか」
五郎「――」
清吉「土地を処分する覚悟か知らんが、そしたらお前明日からどうする気だ」

表

　草太。

中

　五郎。
清吉「すんでしまったことァしようがない。この際みんなのいうことをきけ」
五郎「――」
清吉「そりゃァだれだって苦しいには変りない。しかしお前より何ぼかましだ。だいいち永年の信用もある。みんなにすがれ。いうとおりにしろ」
　五郎、うつむいたままかたくなに首をふる。
五郎「(小さく) そりゃあできないス」
清吉「じゃ土地放すのか」
五郎「――」
　草太、入る。
　間。
正子「でもみどりさん本当につかまらんのかい」
五郎「――ああ」
正子「そりゃないよねえ、ましてバクチの金なンて」
和夫「清さん」
清吉「――ああ」

和夫「昨日出たその沢田の松吉さんの、その申し出のこと
　どう思う」
清吉「――」
和夫「松吉さんじつァ今日も来たンだ。山のことは自分は
　まったくかまわんて」
五郎「そりゃあできんよ」
和夫「――」
五郎「そりゃァ受けられん」
清吉「だいいちちょっとその話ァ変だな」
和夫「変とは」
清吉「じいさんのいっとるその山たァどこさ」
和夫「三線を上がった右手の落葉《らくよう》の」
清吉「水沼のじいさんがさっき来たンだ」
和夫「――什介さんがかい」
清吉「沢田のじいさんのその山の話、どうも妙だって什介
　さんいうンだ」
正子「妙って」
清吉「あの山ァ渡辺の山じゃないかって」
和夫「渡辺の？」
清吉「以前はたしかに沢田のもンだったがとうに渡辺に移
　っとるはずだと」
草太「（うつむいたままポツリ）そうだ」
　一同、おどろいて草太を見る。
草太「沢田の松吉さんには、残っとる山などなンもないそ
　うだ」
正子「だれがいったの！」
草太「妙子って孫娘だ。錯覚しとるンだと。じいさん呆け
　て、錯覚しとるンだと」
正子「本当かい！」
草太「本当だ。大きな会社東京でやっとるなンて、それも
　全部昔の話だと。じいさん呆けとンだと。みんなウソ
　だと」
　ストーブが轟々と音たてている。
　静寂。
清吉「まァそんなふうなことだべな」
五郎「（ちょっと笑う）中ちゃん、そんなうまい話あるわ
　けないわ」
和夫「――」
五郎「どうもすみません、オレ行きますから（立つ）」
清吉「五郎」
五郎「――ハイ」
清吉「みんなが本気で考えてくれとる。早まって地べた放

すンでない」
五郎「───」
清吉「それだけはいっとくぞ。地べた放したら最後だぞ」
五郎「───」
ちょっとうなずき、外へ出る五郎。
音楽──低い旋律ではいる。B・G。

同・表

五郎、車に乗り、スタートさせる。
エンジンなかなかかからない。

丘陵

五郎の車が帰って行く。

同・車内

唇をかみしめている五郎。

家の前（夕暮れ）

重い足どりで帰ってくる五郎。
家に入りかけふと屋根を見る。
途中になっている雪下ろし。
雪の山に放り出されたままのスコップ。
五郎。
音楽──消えてゆく。
五郎、スコップをとり、中へ入る。

同・中

純と螢が働いている。
二人「お帰ンなさい！」
五郎、一方を見る。
正吉、何もいわず、一人、テーブルで花札をやっている。
五郎、スコップをガンと放る。
純と螢、見る。
無視して花札をやっている正吉。
五郎。
──感情にたえて奥へ行きかける。
正吉の声「（舌打ち）ダメダァ」
五郎、ギラッとふりかえる。
正吉「ついてねえ」
五郎「正吉」
正吉「（見る）」

五郎、懸命に感情をおさえんとする。
五郎「お前は――アレか――おじさんが帰っても、挨拶なしか」
正吉「――おかえり」
間。
五郎「屋根の雪下ろしはどうしたンだ」
正吉「――後でやる」
五郎「どうして後だ」
正吉「――」
五郎「あれは、お前の仕事じゃないのか」
純。
螢。
五郎「全部まかせろといったンじゃないのか」
正吉「――」
正吉。
――無表情に花札をいじっている。
五郎「だいたいそういうバクチのようなものをこの家に持ち込んで欲しくないな」
正吉。
――つづけている。
五郎。
五郎「きこえないのか」
正吉。
――つづけている。
五郎。
純と螢。
五郎の感情が爆発する。
五郎いきなり花札をつかみ、窓をあけ、パッと雪の上に放る。
正吉をふりかえる。
ドキンとする。
正吉の目に涙がゆれている。
純。
螢。
五郎。
正吉、バッと表へ走り出る。
純「(口の中で)正吉――」
追って出る。

雪原

走る正吉。
追う純。

そのいくつかのショットのつみ重ね。
純ころぶ。
急いではね起きるがその間にぐんぐん遠ざかって行く
正吉の姿。
純「正吉！　正吉――い!!」
音楽――テーマ曲、静かにイン。B・G。

家の表

雪にばらまかれた花札の色。
螢が出てきてそれを集める。
五郎。
間。
無言で集めるのを手伝う。
螢「(集めつつポツリ) 父さん――お家、とられるって本当？」
五郎。
花札を集めつづけている螢。
螢「(集めつつ) 正吉君もそのこと知ってる」
五郎「(ギクンと見る)」
螢「(集めている)」
五郎「(小さく) そうか」

雪

闇の中にかすかに降っている。
ポツンとともっている家の灯。

時計

六時半を廻っている。

家の中

螢が食事の仕度をしている。
ストーブの脇にじっと動かない五郎。

同・表

玄関の前に立っている純。
純は正吉の帰りを待っている。
戸のあく音にふりかえる。
外出姿の五郎が出てくる。
純を無視して車へ歩く五郎。

雪原

車の所へ来て乗ろうとする五郎。

扉に手をかけたその手が止まる。
目をこらす。
雪明りの中を一つの影が来る。
五郎。
——そっちへゆっくり歩く。
目をこらす。
その目が大きく見開かれる。
音楽——中断。
五郎「(低く) みどりちゃん——!」
みどり——ベソをかいたように五郎を見る。
みどり「靴の底に雪がくっついちゃってさァ」
五郎「——」
みどり「深いし——うまく歩けないンだもン」
五郎。
五郎「——入れよ」
みどり「(首ふる) すぐ汽車に乗るの—— (泣きそうに)
時間もないンだ」
低くしのびこむカー・ラジオの音楽。

走る車内

無言で乗っている二人。
運転しながらちょっと微笑んでみせる五郎。
黙っているみどり。
何かしゃべりかける五郎。
窓のほうを向き、涙を浮かべているみどり。
流れている音楽少し高くなって。

駅・駐車場

止まっている車の中の五郎とみどり。
五郎「(笑ってみせる) どうなったンだい」
みどり「どうにもならない」
長い間。
みどり「さっき、中ちゃんに会ってきた」
五郎「——」
みどり「怒鳴られた」
五郎「——」
みどり「もう来るなってそういわれた」
五郎「——」
間。
みどり「(声がふるえる) もう来れない」
五郎「(笑う) 何いってンだバカ。くにじゃあないか」
みどり「(首ふる) 裏切ったンだもン」

五郎「——」
みどり「もうくにじゃない」
五郎「——」
みどり「私の帰る場所、なくなっちゃった」
五郎「みどりちゃん」
みどり「——」
五郎「冗談いうなよ」
みどり「——」
五郎「おたがいこんな小っちゃいころからずっと一緒にやってきたンじゃないか」
みどり「——」
五郎「土地がなくなろうと何しようと、大事なもンは消えるもンじゃないぜ」
みどり「——」
五郎「中ちゃんがみどりちゃんを怒鳴ったンだって——活《かっ》入れるつもりでやったンだと思うぜ」
みどり「——」
五郎「当り前じゃないかそのくらいわかれよ」
みどり「——」
五郎「だいいちオレが怒ってないンだ」
みどり「——」
五郎「帰れないなンて、そんなこというなよ」
みどり「——」
五郎「くにはもうないなンて——淋しいこというなよ」
みどり「——」
五郎「くにはここだよ。——いつだってあるよ」

駅・ホーム

舞っている雪の中、汽車を待っている二人。
五郎「（ちょっと笑う）知らないかみどりちゃん、沢田の松吉さん」
みどり「——（ちょっとうなずく）」
五郎「帰ってきてるンだ。その話きいてない？」
みどり「——」
五郎「だいぶ呆けちゃってトンチンカンなンだけどさ、でも——本当にうれしそうなンだ」
みどり「——」
五郎「悪いことは全部忘れちゃってね」
みどり「——」
五郎「自分が女房子捨てて逃げたことも。土地も財産も何もないことも。それで——何ちゅうか——いい顔してンだ、ああ」

みどり「――」
五郎「そうなンだ。何とも――、いい顔になってンだ」
みどり「――」
五郎「あれはなンかな。あのいい顔は」
みどり「――」
　間。
五郎「くにに帰って――しあわせなンだな」
みどり「――」
五郎「いつか帰ろうとずっと思ってたンだな」
みどり「――」
　間。
五郎「俺もさ」
みどり「――」
五郎「まったく同じだったよ」
みどり「――」
五郎「以前。結婚して東京にいたころ。それから、去年の暮れ――出稼ぎに出てて、――」
みどり「――」
五郎「眠ると麓郷の夢ばかり見てた」
みどり「――」
五郎「麓郷に帰ってみんなと暮らすこと。それだけがハリだったよ。――それだけだったよ」
みどり「――」
　間。
五郎「いつだかみどりちゃんいったことある。中島みゆきの歌のこと覚えてるか」
みどり「――」
五郎「オレ東京で偶然聴いてさ」
みどり「――」
五郎「〝忘れたふりをよそおいながらも、靴を脱ぐ場所があけてあるふるさと〟」
みどり「――」
五郎「――泣いちゃったよオレ」
みどり「――」
五郎「忘れちまったか」
みどり「――」
五郎「え？　そうなンだぜ」
みどり「――」
　間。
五郎「金のことなンてもう忘れろよ」
みどり「――」
五郎「帰れないなンてそんな、バカなこというなよ」

みどり「――」
　列車がホームに入ってくる。
五郎「それから――」
みどり「――」
五郎「これは一つ頼みなンだ」
みどり「――」
五郎「正吉をしばらくあずからせないか」
みどり「――」
五郎「純や螢がよろこんでるンだ」
みどり「――」
五郎「オレもまた出稼ぎに出なきゃなンないし。――あいつがいるとすごく助かるンだ」
みどり「――」
五郎「な。しばらくさ。――あずからせてくれよ」
　みどりの目から急に涙があふれる。
　五郎。
五郎「――（笑って）何だよ、これはオレが」
みどり「（かすれて）どうして？」
五郎「――何が」
みどり「どうして五郎ちゃんそんなにやさしいの」
　五郎。
五郎「バカいえ」
みどり「どうしてそんなに――」
五郎「――」
みどり「どうして――」
五郎「――」
みどり「――そんな――」
　みどり両手で顔をおおってしまう。
　五郎。

ホーム

　列車がホームを離れて行く。
　一人ポツンと送って立つ五郎。
音楽――静かな旋律ではいる。B・G。
語《り》「そんなことは何も知らなかった」

吹雪

語《り》「夜に入ってから吹雪になった」

家の灯

　その窓にはりついている純と螢の顔。
語《り》「めしの時間がとうに過ぎても、正吉はうちに帰ってこなかった」

音楽――

7

吹雪

窓外に荒れている。

時計

コチコチ時を刻んでいる(十一時過ぎ)。

家

ストーブの脇に坐っている純と螢。
戸のあく音にパッと立つ。
真っ白に凍りついた五郎が入る。
二人。
五郎、ちょっと首をふる。
五郎「(ヤッケ脱ぎつつ、低く)車がダメになった」

吹雪

荒れている。

時計

十二時を廻っている。

ストーブ

轟々と燃えている。

家の中

三人。
五郎「(ポツリと)もうきいたンだろう」
二人「――」
五郎「うちの土地の話だ」
二人「――」
間。
五郎「父さん、お前らに謝らにゃならん」
二人「――」
五郎「父さん――バカなことをしてしまった」
二人「――」
五郎「だれのせいでもない」
二人「――」

五郎「父さんが悪いンだ」
　間。
五郎「正吉に当たったのも父さんが悪い」
二人「――」
五郎「何もかも父さんの責任だ」
二人「――」
　間。
　五郎、チラと時計を見る。
五郎「もう寝ろ」
純「大丈夫、ぼく起きてる」
五郎「いや寝ろ。明日は――働いてもらう」
二人「――」
五郎「遅くまで起こしといて、悪かった」

吹雪

　荒れている。
語《り》「その晩、夜中に目をさましたら、父さんが下で一人で
　起きてた」

階下

　五郎。
　――窓外を見て一人飲んでいる。
語《り》「父さんは吹雪の窓の外を見ていた」
　音楽――静かにイン。B・G。

雪原（翌日・晴天）

語《り》「翌朝はからりと晴れ上がった」
　雪の中につっこんだ車を掘り起こす三人。
語《り》「ぼくらは父さんの車を掘り出し、正吉のかくれていそ
　うな場所をあっちこっちと探して歩いた」

ストーブ

　薪が放りこまれる。
語《り》「だけど結局正吉は見つからず」

家の中

　濡れた長靴が火のそばに干されている。
　かじかんだ手を暖めている五郎と純。
　間。
五郎「純」
純「――」
五郎「正吉が見つかったら父さんあいつに、ここにいるよ

うにいおうと思うンだ」
純「――」
間。
五郎「父さん、じつはあいつのおふくろに」
螢「（とびこむ）屋根の雪が半分下ろされてる！」
五郎。
純。
音楽――中断。
螢「正吉君留守中に来たみたい！」
二人「――」

表

とび出す三人。
屋根を見る。
雪が半分下ろされている。その下ろされた雪の山の脇に放り出されたままのスコップ。
螢、突然裏手へ走る。
螢「正吉君――！　どこにいるの?!」
純「（も走る）正吉ーッ!!　どこだーッ!!　正吉ーッ!!」
五郎、急いで中へとびこもうとする。
その足が止まる。
雪の山。
正吉の帽子がころがっている。
純の声「正吉ーッ!!」
螢の声「正吉君ーッ!!」
五郎、山から帽子を拾う。
じっと見る。
行きかける。
その足がギクンと止まる。ふりかえる。
雪の山。
五郎。
――突然山にとびつき雪をかく。
螢「（走ってきて）――どうしたの」
五郎、雪を掘る。
その雪の山から正吉の足がのぞく。
唾をのむ五郎。
螢「（半泣き）イヤダァーッ!!」
五郎、狂ったように雪を掘る。
純「（とんできて）どうした――」
純も父と一緒に狂ったように雪の山を掘る。
五郎「（かすれて）誰か――救急車!!」
螢、走りだす。

五郎「正吉!!　正吉!!」
純「正吉!!　正吉!!」

雪の道

螢、オンオン泣きながら走る。

雪の山

五郎と純、必死に雪を掘り、正吉をひっぱり出す。
純「正吉――ッ!!　(泣いて)正吉――ッ!!」
五郎、バンバン正吉をひっぱたく。
五郎「正吉――!!　正吉――!!」
画面ゆっくり白くなる。

白い画面

音楽――テーマ曲、静かにはいる。B・G。
語《り》「その日のことはイヤな夢みたいだ」
画面、ゆっくり映像を結び、純と螢の顔になる。
語《り》「でも、正吉は生き返ったンだ」

病室

純と螢と五郎。
語《り》「屋根から落ちて正吉は、一時間近くも埋ってたらしい。奇蹟みたいなもンだってお医者様がいってた」
正吉――眠っている。
語《り》「ぼくは涙が止まらなかった。だって、正吉は屋根の雪下ろしをやったンだ。それだけが父さんを喜ばすことのできる、たった一つの仕事だったから。正吉は屋根の雪下ろしをやったンだ」
ノック。
五郎――戸を開ける。
和夫がのぞく。
和夫「どうだ」
五郎「(うなずく)」
和夫「ちょっといいか」

同・廊下

五郎出る。
立っている清吉、辰巳、そして振興会長和泉。
和泉「みどりが逢いに来たそうだな」
五郎「――ハイ」
和泉「どうにもならンのだべ」
五郎「――――　(うなずく)」

和泉「うン」
五郎「――」
和泉「五郎さん」
五郎「ハイ」
和泉「金のほうのメドは何とかついたよ」
　五郎。
和泉「ここにいるみんなが奔走してくれて、――農協から
　少しずつ借りてくれた」
五郎「――イヤ」
清吉「五郎、もう我を張るな」
五郎「――」
清吉「こういう時は助け合うもンだ」
和夫「返済についてはオレに考えがある。今は気にするな。
　とにかくこの場はこれでいくんだ」
五郎「――」
和泉「もう決めたンだ。これで終いだ」
　五郎。
　――うつむいたまま動かない。
音楽――ゆっくりもりあがって。

大麓山

　晴天。
　音楽――くだける。
語《り》「それはすぐその翌日のことだった。正吉君の病院から
　帰ったら、家にみんなが集まってたンだ」

家の中

　一同。
語《り》「松吉おじさんも妙子さんもいた。中畑のおじさんも草
　太兄ちゃんもいた。それから水沼の什介さんもいた」
松吉「（ポツリ）どうしてですか」
一同「――」
松吉「どうしてわしが力を貸せんのですか」
一同「――」
松吉「みんながむりしてそんな金借りて、いったいこの先
　どうする気ですか」
一同「――」
松吉「私の山売りゃすむことじゃないですか」
一同「――」
松吉「私は力になっちゃいかんのですか」
　純、台所の螢にソッときく。
　螢、答えない。

松吉「中畑君」
和夫「——ハイ」
松吉「私の山を処分してください」
和夫「——」
松吉「前からわしはあんたにいうとる。みんなに説明してくれとらんのですか」
和夫「——」
松吉「中畑君！」
和夫「——ハイ」
松吉「村は家族も同然じゃないですか」
和夫「——」
松吉「苦しいものはみんなで助けるのが」
妙子「(急に) おじいちゃん、山なンてどこにもないわよ」
一同。
松吉。
松吉「何をいうとる」
妙子「山なンてないのよ」
間。
松吉「(笑う) 何をいうとる」
妙子「おじいちゃん齢とって思いちがいしてるだけ。山なンてとうに——うちのもンじゃないわ」
間。
松吉「(笑う) バカいえ。お前は知らんのじゃ。あの山はわしが」
妙子「いいかげんにしてよ！」
松吉。
妙子「夢見るのはやめてよ！」
草太「妙ちゃん」
純。
螢。
妙子「おじいちゃんは全部捨てて逃げたのよ。おばあちゃんも、お母さんも土地も家もみんな。借金だけ残してね。そのこと覚えてない?!」
松吉。
妙子「お母ちゃんやお兄ちゃんたちがその後どんなに苦労したか。どんなにおじいちゃんを恨んで暮らしたか。だけどね。みんながそういうとね。——おばあちゃんだけはかばったのよいつも！——最後までかばって。恨みごと一つ——」
松吉「——(少し口をあいている)」
間。
妙子「おばあちゃんが最後まで大事にしていた——スクラ

ップブックおじいちゃん知ってる?」
松吉「───」
妙子「マッチのレッテルのこオんなスクラップ。富良野のあの頃の、カフエとかキャバレーとか──毎晩おじいちゃんが遊んでたところの」
松吉「───」
妙子「カフエ日本橋、朱雀、クロネコ、オリンパス、新世界」
松吉。
妙子「どっかにたしかまだとってあるわよ!」

イメージ(一瞬)
極彩色のマッチのレッテル。

家の中
松吉。
妙子「今頃になって急に現れて、都合のいいことだけ想い出さないでよ!」

イメージ(一瞬)
マッチのレッテル。

家の中
松吉。
妙子「いやなことだって想い出してよ!」

イメージ(一瞬)
マッチのレッテル。

家の中
松吉。
妙子「あなた三十年前故郷《くに》を捨てたのよ!」
松吉。
妙子「あなたには何も残ってないのよ!」
草太「妙ちゃん」
松吉。
──ポカンと口を開いている。
純。
螢。
松吉「什介──」
什介「ハイ──」
松吉「こいつは──何をいうとる」

什介「――」
松吉「昔を知らんもんが――。何をいうとる」
妙子。
突然パッと飛び出す。追って出る草太。
一同。
松吉。
音楽――静かにイン。B・G。
五郎「松吉さん、オレ――」
松吉「――」
五郎「ありがたいスよ」
松吉「――」
五郎「松吉さんのお気持――ありがたいスよ」
松吉「――」
五郎「でももうすンだンす、ハイ。借金のことは」
松吉「――」
五郎「土地を売らなくて――何とかなったスから」
松吉「――」
五郎「本当に松吉さん」
松吉「――」
五郎「何ていっていいかオレ」
松吉「――」

松吉。

――ポカンと口をあけている。

その前に螢がお茶をさし出す。

松吉、ぼんやり螢を見る。

螢「(小さく)あったまるから」

松吉の目に涙が揺れている。

その顔に――、
どこかで遠く叫ぶ声。

「かやちゃーん!!」

「杵次――ッ!!」

幻影(一瞬)
雪の森を走る幼い日の杵次とかや。

家の中
松吉のクローズ・アップ。
螢。
松吉。
音楽――突然流れこむ。B・G。

幻影

雪の森の中つっ走る、幼い日の松吉、杵次、兵吉、そ
してかや。
貧しい彼らは一団となって、松吉の記憶を駆け抜けて
過ぎる。
音楽——圧倒的にもりあがって終る。

家の灯（夜）

とび出して行く一家三人。草太。
語り「その晩おそく草太兄ちゃんが来て、ぼくらはたたき起
こされた」

ヘッドライト

走る。
語り「ぼくらは笠松のおじいちゃんが住んでたあの家の跡へ
行ったンだ」

杵次の家・跡

雪の中に妙子が立っている。
その肩をマフラーで抱くようにしているみずえ。
二人とも口をおさえ、半分泣いている。
かけつける一同。
五郎「どうした！」
みずえ「（首ふる）」
純、見る。その視線——。
松吉が裏の雪原で何かしている。
そばに立っている和夫と什介。
什介は松吉の手もとへ灯をかざしている。
五郎「（低く）何してるンだ」
みずえ「豆蒔《ま》いてるの」
五郎「豆?!」
みずえ「雪耕して——、雪の中に豆」
螢。
純。

雪原

松吉、鍬を手に雪に畝《うね》を盛り、豆を蒔いている。
松吉「ここがコツなンじゃ。ここがよ什介」
什介「——うン」
松吉「おぼえとるかお前。忘れてしもうたンじゃろが」
什介「（泣きそうに）松吉っつぁん」
松吉「機械に頼るからお前らダメなンじゃ。機械にたよっ
て儲けようと思うから」

和夫「なア。冷えるから」
松吉「何をいうとる！　これくらいのシバレで」
和夫「わかった。だけど今夜はそれくらいに」
松吉「杵次が来るンじゃ」
和夫「杵次？」
松吉「フフフフ」
馬ソリの幻聴、どこからかきこえる。
什介「松吉っつぁん」
松吉「什介、お前にゃあまだいってなかったか」
什介「何を——」
松吉「もう一度始めることにしたンじゃ。黒板の兵吉、笠松の杵次、岡久右衛門、布施の大三郎」
音楽——「あざみの歌」つきさすようにはいる。B・G。
馬ソリに乗った杵次、近づいて止まる。
松吉「杵さん！」
杵次「やっとるな?!」
松吉「イヤア杵さんわしゃあこのごろ、変に力が湧き出てきてよ」
杵次「わしもよ！」
松吉「あんたもか！」
杵次「黒板の兵吉もそういうとる！」
松吉「兵吉！」
杵次「あいつもすぐに来る！」
松吉「計画のことを話したか」
杵次「豆か」
松吉「そうじゃ豆じゃ。豆景気を富良野に呼び戻そうとわしゃあ」
杵次「(笑う) 何をいうとる！　豆はもうできとろうが」
松吉「エ?!」
ふりむく松吉。その目に、
雪の原野が一瞬真緑の見はるかす豆畑に変っている。
松吉のクローズ・アップ。
その眼前に無限にひろがる豊饒の緑。
一面の豆畑。
松吉。
松吉「(目を輝かし) 豆——」
緑へ向かって一歩、二歩、進む。

杵次の家の前

純と螢。五郎。
救急車のサイレンが遠くから近づく。

妙子。
その肩をおさえて立っている草太。
妙子ふりほどいて雪の中へ走る。
妙子「(口の中で)おじいちゃん!」
音楽——テーマ曲、静かにイン。B・G。

雪

降っている。
語り「それが今年の正月だった」

麓郷バス停

五郎とクマの出立《しゅったつ》。
語り「一月十日、父さんは出稼ぎにクマさんと二人でまた発《た》ってった」
見送る純、螢、正吉。
語り「土地の問題はもうすんだンだよと、父さんはぼくたちにそういって行った」

雪道

ふざけながら帰る三人。
語り「正吉はぼくらと住むことになった。正吉のお母さんが東京へ行って、しばらく帰れないことになったからだ」

草太

牛乳を運んでくる。
語り「草太兄ちゃんが妙子さんと後どうなったかそれは知らない」

屋根

雪下ろしの正吉。
純も手伝う。
語り「正吉は時々淋しそうな顔をする。きっとお母さんに逢いたいンだと思う。その度にぼくはついいいかける」

裏

水を汲んでくる螢。
語り「正吉、君には母さんがいる。ここにはいないけど東京にいる。ぼくや螢にはどこにもいないンだ。でも」

屋根

雪下ろしの二人。

語り「いつもそういいかけ、そしてやめるンだ」

家の灯（夜）

雪がしんしんと降っている。

語り「富良野はこれからもっと寒くなる。今朝はマイナス二十六度だった」

音楽——ゆっくりもりあがって。

エンドマーク

北の国から’84夏

木立

蝉しぐれ。
その大木の上部の葉陰に、ゆっくり寄っていくカメラ。
カッコウの声がどこかできこえる。
それに呼応する、別のカッコウ。
カメラ、葉陰にひそんでいる純をとらえる。純は、はるか遠くを眺めている。
純、カッコウの声を真似る。
どこかから、別のカッコウがきこえる。
純、サッと木の幹をすべり下りる。

橋のたもと

草むらにとび込む純。
その草むらにひそんでいる正吉。
二人、フキの陰に姿をかくす。

道

やってくるすみえ。
橋へ近づき、渡りかける。そのとき、
水面にポチャンと水音がする。
川面を見るすみえ。
足が止まる。
すみえ。

川

異様にふくらんだ土左衛門が、川の底からポッカリ浮き上がる。

橋

すみえの目がゆっくり見開かれる。
声にならない悲鳴をあげ、今来た道を猛然と逃げる。

橋のたもと

テグスを手にして立ちあがる二人。
真剣な顔で見つめ合う。
二人「ヤッタゼ!!」

中畑木材

和夫がとび出す。

つづいて、すみえとみずえも。すみえは蒼白に一方を指している。

畑の道

砂塵をまきあげてつっ走る車。

橋のたもと（川の中）

ふたたび土左衛門をセットしていた純と正吉、車の音にあわてて立ちあがる。

その手にぶら下がっている土左衛門の人形。

草原

五郎と和夫。その前にうなだれている純と正吉。

彼らの間《ま》にある件《くだん》の人形。

間。

五郎「この顔はいったい何でつくったの」

間。

純「牛の膀胱《ぼうこう》です」

和夫「牛の膀胱！」

純「ハイ」

間。

五郎「髪の毛は」

正吉「とうきびの毛」

五郎「―――」

遠くから蛍の歌声がきこえる。

五郎「うン」

フキの葉を、いっぱいかついでくる蛍。

間。

和夫「誰がいったいこんなこと考えたの」

純「二人で」

間。

五郎「うン」

近づいてくる蛍。

蛍、歌をやめ、父たちを見る。

蛍「どうしたの」

五郎「――うン」

蛍、何気なく足もとを見、人形を見て目をむき、悲鳴をあげる。

音楽――テーマ曲、イン。

タイトル流れて。

1

道

みどりの声「五郎さん、すっかりご無沙汰しています」

手紙を読みつつゆっくり歩く五郎。

音楽――静かな旋律で入る。B・G（次のシーンのバックに流れる）。

みどりの声「正吉がすっかりお世話になりながら私――。

何ていっていいかわからない。

ずっと東京に働きに行ってて、結局五月から札幌に舞いもどりました。

先日。

――たまたま富良野の人が、店に飲みにきて話をしました。

そうして初めて火事のこと、知りました。

五郎さんたちのあの丸太小屋が、この冬火事で焼けたという話。

しかも。

火を出したのがどうも話では、うちの正吉らしいときいて――。

どうしていいかわかりません」

五郎。

――いつか丸太小屋の焼跡の前に立っている。

みどりの声「申し訳けなくて申し訳けなくて――苦しくて苦しくて、幾晩も幾晩も泣きました。

五郎さん。

本当に本当に本当に、何も知らないでごめんなさい。

正吉のしたことごめんなさい。

みんな私の責任です。私は何から何まであなたに、迷惑ばかりかけ通している」

焼跡

みどりの声「八月に入ったら正吉を引き取ります。誰かをそっちに迎えにやります。

荷物、まとめさせといてください。

黒板五郎さま。

合わす顔のないみどりより」

五郎。

音楽――ゆっくりとたかまってつづく。

草原

五郎、帰ってくる。
その行く手に、離農者の廃屋を改造した現在の家。

家

五郎、入って服を脱ぐ。
ため息をついて、切株の椅子に坐る。
ふと、五郎の目が壁にいく。
壁にかけられた一枚の写真。
あの、ありし日の丸太小屋。
五郎。
音楽──

麓郷・中畑木材前

走ってくる純、螢、正吉。
語《り》（純の声）「その子に初めて会ったのは、夏休みに入ってすぐのころだった」

同・事務所

とび込む三人。
五郎、和夫らと、初めて見る女、ゆり子（三十七歳）。

三人「こんにちは！」
みずえ「いらっしゃい」
ゆり子「五郎さんの子ども？」
五郎「こっち二人がな。挨拶しなさい、ゆり子おばさん、中畑のおじさんの妹さんだ」
純・螢「こんにちは！」
ゆり子「こんにちは」
和夫「こっちがホレ、笠松のみどりちゃんの子どもで正吉」
ゆり子「ああ、あんた」
正吉「こんにちは」
ゆり子「こんにちは。（奥へ）努《つとむ》！　努！」
みずえ「お友だち来てるのよ。仲良くしてあげて」
ゆり子「努！──ちょっと努！」
廊下の戸が開いて、男の子が立つ。
ゆり子「努っていうの。よろしくね」
三人「こんにちは！」
努「──（奥へ消える）」
ゆり子「しようがないわね、挨拶もしないで」
みずえ「見てきてごらん、純ちゃんたち、中。知ってる？　パソコンって」

正吉「パソコン――?」
純「何かできいたことある」
みずえ「見てくれば!」
三人「うン!（中へ）」
ゆり子「朝から晩まであれだもン。困っちゃう」

パソコン

次々に文字が現れては消える。

同・居間

夢中になってキイを打っている努。
真剣な顔で見ているすみえ。
とび込み、後ろに立ち、びっくりして見ている三人。

パソコン

その画面。
音楽――「都会」低く軽快にたたきつけて入る。B・G。

居間

純と正吉。

正吉「すげえ――! こいつがパソコンか」
努「――」
正吉「これお前ンか」
努「（打ちつつ）ああ」
正吉「いくらした」
努「ハードが二十万ちょっと、ソフトがだいたい一本四千円」
純。
正吉「何よ、ソフトって」
努「ソフトはソフトだ」
正吉「（純に）わかるか」
純（首をふる）
キイを打っている努の横顔。
努「見るの初めてか」
正吉「ああ、初めてだ」
努「友だち誰も持ってないのか」
正吉「アハハハ、こんなもン持ってるわけないだろう!」
努「おくれてますねえ――!」
純。
正吉。
努「習っとかないと遅れちまうぜ」

純「――」
努「もうじきパソコンの時代が来るンだ」
正吉「――」
努「（打ちつつ）買物もパソコンでできるようになるし、サラリーマンは会社にでなくても、家からパソコンで仕事ができちゃう」
純「――」
努「あらゆることがパソコンでできるンだ。そういう時代にもうすぐなるンだ」
純「――」
正吉「スッゴイデスネエ！」
すみえ「努君、これ全部わかってるの自分で」
努「わからなきゃできない」
　間。
正吉「スッゴイデスネエ！」
努「買ってもらえば」
純「（ドキンと）オレ？」
努「早いうちにおぼえといたほうが得するよ」
　純、――床にちらばった、たくさんのパソコンの本を見ている。
　オズオズと手をのばし、一冊をとる。

語《り》「ショックだった」
正吉「お前何年だ」
努「六年」
正吉「一年下か。――東京あたりじゃこういう機械、小学校六年でみんな持ってるのか」
努「みんなは持ってないけど、かなりいるンじゃない？」
正吉「――」
努「扱い方ぐらい誰でも知ってると思うよ」
語《り》「ものすごいショックを受けていた。
　母さん――。ショックです。
　こっちに来て四年。
　知らない間に東京では時代が、すっかりすすンでしまったようであり」
努「オイ」
純「エ？」
努「読んでもいいけど、本汚すなよ」
純「――」
　正吉。
　――自分も読みかけていた本を、たたきつけて立つ。
正吉「こんなの読みてえか、バカバカしい！」
純「オレも！（立つ）」

道

　憤然と行く純と正吉。

語《り》「頭にきていた」
正吉「なあんだあの野郎」
純「感じ悪いよなア」
正吉「パソコンで何でもやるようになるって、そンじゃ、パソコンでカボチャつくってみろ！」
純「そうだそうだ、カボチャつくってみろチクショウ」
語《り》「口ではそういったけど、心の中は本当は焦りでいっぱいだったわけで」

家（夕方）

　料理をつくっている螢と雪子。

螢「ゲームもできるの、いろんなゲーム。ソフトっていってね、カセットみたいのさし込むと」
雪子「ホント」
螢「音楽だってつくっちゃうンだから」
雪子「音楽？」
螢「そう。ポンポンって機械に記号入れるとね、パソコンが音楽演奏しちゃうの」
雪子「ホントニイ」
螢「すごいの」
雪子「それ、その努君一人でできちゃうの？」
螢「そう。家計簿もね、つけれるンだって」
語《り》「面白くなかった」

　ランプのホヤを磨いている純と正吉。

語《り》「とにかく——全面的に面白くなかった。だって母さん、パソコンつったって、うちにはその前の電気がないンだ」

中畑木材・土場

　働いている五郎と清吉。

清吉「八十万」
五郎「ああ」
清吉「八十万もかかるってかい」
五郎「そうなンだと」
清吉「——」
五郎「北電の電気の今来てるのが、三キロ手前の渡辺さんとこまでだろう？　あすこからずっと電柱たててくとどうしても負担金八十万はかかるってンだ」
清吉「——」

五郎「まいったよ」
間。
清吉「風力発電――どうしてもダメか」
五郎「森の中だから風が、めったに吹かねえンだ」
清吉「――」
五郎「(笑う) まアあれよ、そういうことだからいろいろ
――佐々木さんに骨折ってもらったけど――とにかく
当分、このままがんばるわ」
清吉「――」
五郎「じゃ」
五郎、行きかける。
清吉「五郎」
五郎「あ?」
清吉「話ァちがうけど――きいてくれたか例のこと」
五郎「――」
清吉「雪ちゃんに」
五郎。
五郎「ああ」
清吉「何だっつってた」
五郎。
五郎「それが――」

清吉「――」
五郎「はっきりしねえンだ」
清吉「はっきりしねえって」
五郎「――ウン」
清吉。
清吉「時期の問題か」
五郎「イヤ」
清吉「そんだら何がはっきりしねえンだ」
五郎「――ウン」
清吉「草太はあのとおりその気でいるし、女房も何とか今
年のうちには、式挙げさせたいっていってそういうつもり
だ」
五郎「――」
間。
清吉「いったい何がはっきりしねえンだ」
五郎「――ウン」
清吉。
清吉「雪ちゃん、前にたずねたときには、いいってはっき
りいったンだべ」
五郎「――ウン」

空知川《そらちがわ》

とうとうと流れている。

布部大橋《ぬのべおおはし》

走ってくる純と正吉、努。

正吉「いたいたッ」

純「やってる！　草太兄ちゃーん!!」

走る三人。

河原

いかだを組み立てている草太。

走ってくる三人。

純「ウワオ！　イカシてるウ!!」

草太「いかしてるべ。そっちおさえろ！」

正吉「去年のよりいいじゃん！」

草太「当り前よ、今年ァ雪ちゃんと乗るンだから」

純「オレたちは？」

草太「お前らはアッチ」

純「エ？」

トラックのかげに粗末なイカダ。

正吉「あれかよオレたち！」

純「浮くの?!　あんなので」

草太「なめるなこのガキ。だからテストをしてみようってんだべ」

純「乗っていい?!」

草太「ちょっとならな」

正吉「うわオ！　やろうぜ！」

純「手伝えよ、努君！」

三人、子ども用のイカダを水へ運ぶ。

草太、懸命にイカダにペンキで文字を書いている。

草太の耳に、子どもたちの喚声。

草太、顔あげる。

草太「(ニッコリ）安定性あるべ!!」

純「最高!!」

正吉「キャッホー!!」

空知川

純と正吉を乗せたイカダが流れる。

草太の声「そこの角までだゾ!!」

純「了解――!!」

河原

草太笑って、また真剣にペンキを塗りはじめる。
「ＹＵＫＩＫＯ」の文字が浮き上がっていく。

螢の声「父さん」

家のそば・川

体を洗っていた五郎、ふり返る。
洗濯物を片づけている螢。

五郎「何」

螢「雪子おばさん、東京で何かあったの？」

五郎。

五郎「どうして」

螢「今朝おばさんに電報来たのね」

五郎「電報？」

螢（うなずく）

五郎「誰から」

螢「知らない。だけど――その後おばさん部屋に入って、しばらく外に出てこなかったから」

五郎「――」

川の音、急にたかくなって、
音楽――その中からしのび込む。Ｂ・Ｇ。

山

語《り》「七月、二十八、二十九の二日は、富良野の町のヘソ祭りの日で、僕らは久しぶりに町へ下りることになっており」

中畑木材前

車に乗り込む一同。

語《り》「中畑のおじさんの家へ寄ると、ゆり子おばさんやあの努君も一緒に行くということで」

麓郷街道

走る二台の車。

語《り》「雪子おばさんは一足先に、町で草太兄ちゃんと逢うからといってバスで一人で出て行ったンだ。おばさんはここンとこ毎日家で、お兄ちゃんとはあまり逢っておらず」

しのび込む喫茶店の音楽――「森進一〝世捨人唄〟」

喫茶店「くるみ割り」

手をこすりながらニコニコとび込んでくる草太。雪子の前へ。

草太「できたできたできた！　抜群のイカダ！　もう最高！　モロ目立つやつ！　フチにブワーッてペンキで名前な。ア、何？　ア、注文か、コーヒー。うン、コーヒー。それで。何だっけ。ア、そうペンキでよ、イカダの名前。何て書いたと思う？　ローマ字でよ、ククッ、ＹＵＫＩＫＯ。クククッ。照れる？　ねえ、照れない？　ククッ、オラ照れる。書きながら照れた。したけどいいんだ、人笑うても、雪ちゃんと二人であのイカダ乗ったら、みんなしっとする！　みんな目えむく！　今年の空知川イカダ下り大会」

雪子「草ちゃん」

草太「ア？」

間。

雪子「ゴメンナサイ」

草太「――何」

雪子「私――出られないの」

草太。

草太「出られないって」

雪子「いかだ下り大会――出られなくなったの」

草太「――どうして！」

雪子「――」

草太「（笑う）したっけ、もういかだ作って――さっきテストして、絶対あれなら」

雪子「ダメなの」

草太。

草太「どうして」

間。

雪子「東京に帰るの」

草太。

草太「どうして――！」

雪子。

雪子「草ちゃん私――。やっぱりダメなの」

草太。

雪子「一度は本当に――決心したの。お嫁さんになろうって、草ちゃんの。でも。――ダメなの、やっぱり。どうしてもダメなの」

草太。

「世捨人唄」つづいている。

雪子「いつか話したでしょう。好きな人がいたって」

草太「――」

雪子「八年つき合って――何度もやめようとして――何度もあきらめて――その人――奥さんも子どももいた

し」
草太「――」
雪子「何度も忘れて――それでもやっぱり――心のどこかにひっかかってたの」
草太「――」
雪子「その人が――」
草太「――」
雪子「この春、離婚したのネ」
草太「――」
雪子「離婚して――一人になったからって」
草太「――」
雪子「何度もそういう手紙よこして」
草太「――」
雪子「無視してたンだけど――」
草太「――」
雪子「ダメなのね私」
草太「――」
雪子「やっぱり私――」
草太「――」
雪子「結局ダメなのね」
草太「――」

雪子「ゴメンナサイ」
草太「――」
間。
森進一。
雪子「本当いうとね」
草太「――」
雪子「義兄《にい》さんにもまだいってないンだけど――夕方の汽車でその人着くのね」
草太「――」
草太。
雪子「夕方、六時半。――もうじき着くのね」
草太「――」
雪子「義兄さんに挨拶したいっていうから」
草太。
間。
――懸命に笑って見せた。
草太「見ていいか？」
雪子「エ？」
草太「どんな男か――見ていいか」
雪子「――」
草太「いや。――陰からこっそり見てるだけだから」

雪子「――」
草太「雪ちゃんの惚れた人――。参考にしてえしな。ヒヒ」
森進一の唄。大きくなって以下へ。

富良野駅・待合室

立っている草太。
その目に――

ホーム

すべり込む列車。
ホームに立っている雪子の姿。
下りてくる井関。
近づく雪子。

待合室

草太。
女の声「草ちゃん！」
若い女たち、そばにいる。
草太「オウッ、元気か！」
女「何してるの」
草太「何でもネ。ヘソ踊り見るンか」
女「うン、これから」
草太「よしッ、つき合うべ！」
女「ボーイフレンド待ってンだもーン！」
草太「いいいいそんなもン、オラのほうがいい」
女「だって」
草太「行くべ行くべ、オラがつき合う！」
強引に腕を組み、冗談をいって歩きつつ、チラと一瞬ふり返った草太。
語り「そんなことは全然知らなかった」

裏町

車を止めて走り出る一同。
蛍「やってる！」
ヘソ音頭、流れ込み、にわかにたかくなる。

大通り

ヘソ踊り。
その中を見て歩く黒板、中畑両家の面々。
ゆり子母子。
踊り。

そのいくつかのショットのつみ重ね。
次々と来る踊りの列。
突然、五郎の目が一点に止まる。
その視線――
踊りの中にいる駒草のこごみ。
五郎。
こごみ。
五郎。
こごみ
螢が急に五郎をつつく。
ドキッと螢を見た五郎。
螢のだまって指さすほうを見る。
対岸の人垣、その背後を、顔を伏せるように草太が歩いて去る。
――圧倒的なヘソ音頭。

2
ヘッドライト
二台、つづけて走る。

語り「その晩、僕らはみんな一緒に、中畑のおじさんの家へ寄った」

中畑家・全景（夜）
語り「螢がパソコンをやりたがったからで」

居間
パソコンで遊んでいる螢、すみえ、努。
テレビを見ている純と正吉。
語り「正吉はイヤだから帰ろうといい、僕も口では帰るといったンだけど、本当は内心パソコンに触りたく」
純の目の前にある雑誌『マイコン』
努「（遊びつつ突然）その本わかり易く書いてあるゾ」
純「（ギクリ）エ？」
努「その本。パソコンの入門書」
純「ああ」
努「何なら今晩貸してやってもいいよ」
純「いらねえよ」
努「アホント」
螢「ア、どうするのこれどうするの！」
努「RUN押して次にRETURN」

螢「RUN——RETURN」
すみえ「ア、そっちそっち」
螢「こっちか。——エイッ」
努「そう——です！」
　純。
　『マイコン』
語り「貸してなンかいらないって口ではいったけど、そのとき本当いうと僕はその本が見たくて見たくてしょうがなかったンだ。
でも——今さらこいつに頭を下げて貸してくださいなンていうのはイヤだし」
　螢たち喚声。「ヤッタネ！」「ヤッタ!!」
　テレビから流れている松田聖子。
　純。
語り「それで——」
　純、一同の見てないのを見すまし、そろそろと本を手もとに引きつける。
語り「借りてくだけだ。盗むわけじゃない」
　テレビを見ている正吉。
　パソコンに夢中の努、螢、すみえ。
語り「ちょっと、二、三日黙って借りるだけだ」
　松田聖子。
　純、ズズズッと本を引き寄せる。
　純の顔から汗が吹き出す。
努「（顔はむけず、突然）お前のおやじよ」
　純、パッと本を放す。
純「エ？」
努「がっかりしちゃったよ」
　純。
純「何が」
努「きかされてたンだ、すごい人だって。風力発電自分でやったり」
　螢。
　純。
努「何もやってねえンじゃねえか」
　純。
正吉「（突然）どういう意味だよ」
努「だって結局電気ついてねえンだろ」
純「風力発電ちゃんとあったよ」
努「今は」
純「今はアレ——こわれたままだけど」
努「なおせねえのかよ」

純「なおしゃあなおせるけど——暇がないから」
努「暇ねえ」
すみえ「ア、ちょっと、努君！　これどうするの！」
努「STOP押すSTOP！」
螢「STOP、STOP！」
正吉、突然立つ。
正吉「行こうぜ！」
純「（も立つ）うン、行こう！」
螢「どうしてエ！」
正吉「先に帰ってるから。おじさんまだいるから大丈夫だ」
螢「どうしてえ！」
語《り》「頭にきていた」

事務所

飲んでいる大人たち。
できあがって、ヘラヘラ笑っている五郎。
その事務所をつっ切る純と正吉。
純「先に帰ってる」
五郎「何だ純。螢は」
純「まだ中。遊んでる（外へ）」

表

とび出る二人。
ぐんぐん歩きだす。
語《り》「傷ついていた。
あいつが父さんを侮辱したからだ。
何も知らねえ都会っ子のくせに、父さんを侮辱した。
許せないと思った」
正吉「（突然）オイ」
純「エ？」
正吉「ホラコレ（放る）」
純「何。——ア！」
『マイコン』の本。
純「（仰天）どうしたンだよ！」
正吉「ヘヘッ、持ってきてやったのよ」
純「ど、ど、だって」
正吉「わかンねえわかンねえ！　気がついていねえって」
正吉、走りだす。
純。
純「だって——まずいよ。正吉、オイ正吉」
追いかける。

音楽――鋭い衝撃で入って、砕け、B・G。

家のそば

走ってきた二人、月光の中を家へとび込む。

ランプ

灯がともされる。

純「ヤバイよだって、盗《と》ってきちゃうなンて」

正吉「ククッ、本当はお前盗ろうとしたろ」

純「ウワ、イヤ、オレは」

正吉「かくさなくたっていいって」

純「オレはそんなこと」

正吉「わかってますって」

純「イヤオレ絶対」

正吉「お前が欲しそうにしていたからよ、オラが代わりに盗ってやったンじゃん」

純「イヤオレ絶対盗る気なンてなかった」

正吉。

正吉「本当に？」

純「絶対」

間。

正吉「本当オ？」

純「オレ誓う」

正吉「――」

純、正吉に本を放る。

純「知らないからなオレ。関係ないぞ」

正吉。

間。

正吉「ア、ソウ」

純「――」

正吉「絶対にお前盗る気なかった」

純「なかったよ」

正吉「――ア、ソウ」

純「――」

正吉。

急に本を持って立つ。

二階へ。

純「正吉！」

正吉、急に純をふり向く。

正吉「やっぱりお前はキッタネエやつだなア！」

純。

音楽――消える。

　二階へ去った正吉。
純「どういう意味だよ！」
　間。
純「何がきたねえンだよ！」
　間。
純「やっぱりっていうのはどういう意味だよ！」
　純。
　虫のすだきがしのび込む。

中畑木材・土場

　酔っぱらった五郎、立小便を終え、フラフラと土場へ帰ってくる。
　フト目をこらす。
　月光の土場の材木の上に、でんと坐って飲んでいるゆり子。
五郎「ゆりちゃん――？」
ゆり子「――」
五郎「何してンの」
ゆり子「星――見てた」
五郎「ああ」
ゆり子（酒瓶をつき出す）
五郎「ありがと」
　瓶に口をつけ、ゴクゴクと飲む。――並んで坐る。
ゆり子「東京はさア」
五郎「ああ？」
ゆり子「星が見えないンだよね」
五郎「――うン」
ゆり子「あの子にせっかく星見せようと思って、つれてきたのに見ようともしない」
五郎「――」
ゆり子「こんなとこまで来てパソコンばっかり」
　虫の声。
五郎「東京で病院につとめてンだって？」
ゆり子「掃除婦」
五郎「――」
ゆり子「夕張で亭主死んじゃってさあ」
五郎「そうだってな」
　虫の声。
ゆり子「淋しいよオ」
　ゆり子、急に五郎の肩に首をもたせかける。
　五郎。
　虫の音。

ゆり子「私さア」
五郎「ん？」
　間。
ゆり子「いっちゃおうかな」
五郎「何よ」
ゆり子「本当は兄貴にいわれてきたンだ」
五郎「何て」
　間。
ゆり子「（笑う）五郎ちゃんと一緒になる気ないかって」
五郎「エエッ？」
　間。
ゆり子「エエッてことないっしょう」
五郎「ごめん」
　間。
ゆり子「（笑う）だけど亭主死んで一人になってから――
　時々フッと思うことあるもネ」
五郎「――」
ゆり子「男、欲しいなって」
五郎「――」
ゆり子「思うよ本当に」
五郎「――」
ゆり子「時々だけどさ」
五郎「――」
　虫の音。
ゆり子「五郎ちゃん思わない？」
五郎「――」
ゆり子「思ったことない」
　間。
五郎「ないっていやア嘘になるな」
　五郎。

イメージ（フラッシュ）

　こごみ。――踊っている。

土場

ゆり子「今は欲しくない」
　間。
五郎「やっぱ時々な」
ゆり子「――」
五郎「時々――疲れて――まいったときなンかな」

イメージ

こごみ。

ゆり子の声「何もなかった」

土場

五郎「なにが」

ゆり子「そういうチャンス」

イメージ

こごみ。

土場

五郎。

五郎「(ちょっと笑う) どうかな」

虫の声。

ゆり子「ちょっと指見して」

五郎「指?」

ゆり子、五郎の指を手にとる。

じっと見る。

五郎「(笑って) 何だい」

ゆり子「労働者の指だねえ」

五郎「―――」

ゆり子「うちの亭主もそうだった」

五郎「―――」

ゆり子、五郎の指を急にかむ。

五郎「イテッ」

ゆり子 (放さない)

五郎「イタイイタイ、イタイヨ」

ゆり子 (なお強くかむ)

五郎「イタイイタイイタイイタイイッ!!」

ゆり子 (放す)

五郎「何すンの!」

ゆり子、急に立つ。

材木の向うへ。

ゆり子「どうしたの」

ゆり子「オシッコ」

五郎「―――」

シャーッとオシッコの音がする。

虫の音。

ゆり子の声「きれいな星だなア―――!」

五郎「ああ」

虫の音。

ゆり子の声「丸太小屋、火事で燃えちゃったンだって?」

五郎「ああ」

丸太小屋の写真

家

純。
ランプに蛾が舞い、ギクンとふり向く。
その顔に突然、
正吉の声「やっぱりお前はキッタネエやつだなア！」
純の顔。
ランプの中で動かなくなる蛾。
純。
語り「さっき正吉のいったそのひと言が、僕の心につき刺さっていた。
――そうなンだ。
母さん。
僕は汚いやつなンです。
それは――」
音楽――静かな旋律で入る。B・G。
語り「本当いうとこの春からずっと、僕の心につき刺さってたことで」
純。
語り「そのうち今に忘れると思って、誰にもいえずにしまってきたけど――。
あの日のことははっきり覚えている。
これからもきっと忘れないだろう。
昭和五十九年三月二十九日」
音楽――急激に盛りあがって以下へ。

雪道（夕暮れ）

歩くスキーで帰ってくる純と正吉。
正吉「何時だ」
純「わかンねえ」
正吉「草太兄ちゃんもう迎えに来ちゃったぞ」
純「――」
正吉「だからもっと早く帰ろうっていったンだ」
純「ガタガタいうなよ。兄ちゃん行っちゃったら、後からゆっくりバスで駅まで行きゃいいじゃねえか」
正吉「汽車は何時だ」
純「大丈夫、たっぷり時間あるよ。そんなにビクビクしなさんなって」
語り「その日は父さんが出稼ぎから帰る日で、二年半ぶりに

　雪子おばさんも一緒に富良野に来るっていう話で」

丸太小屋

二人到着。

スキーを脱いで中へとび込む。

同・中

とび込んだ二人。

純「螢！——螢!!」

しんとした室内。

正吉「やっぱりいねえぞ」

純、机の上のメモを見つける。

読む。

正吉ものぞく。

メモ

「草太兄ちゃんと先に行きます」

小屋の中

正吉「ホラ見ろ、やっぱり間に合わなかったじゃねえか！」

メモ

「火の始末キチンとしとくこと。出かけるときには網に物を干さないこと」

小屋の中

純「うっるせえなあいつ、いつからこんなに態度でかくなったの」

二人ストーブに薪《まき》をくべ、ぬれた衣服をドンドン脱いでストーブの上の干し網へ放る。

正吉「最近オレ螢ちゃん恐くってよ」

純「少し調子にのってやがンだよ」

正吉「ホラよく中畑のおじさんなンかもよ、おばさんのこと陰で恐がっとるべ？」

純「うンうンそうそう！」

正吉「あれと何だか関係似てきたぞ」

純「バカお前、螢は主婦じゃねえンだぞ」

正吉「でも料理つくるから主婦なンじゃねえか」

純「料理つくったら誰でも主婦かよ！」

正吉「そうだよそれと洗濯とか掃除すれば」

純「じゃあお前、料理も掃除も洗濯も何もしない女の人は、結婚してても主婦っていわねえのかよ」
正吉「当り前じゃねえか」
純「(急に弱気に) アレ、そうだったの!」
正吉「あれはお前、ただ、家内っていうンだ」
純「カナイ」
正吉「イケネオイ、バス五時二十分だぞ」
純「ア。ホントだ」
　二人懸命に着がえをすすめる。
正吉「ストーブもっと薪くべとくか」
純「あったためとこうぜ!　おばさんも来るンだ」
正吉「ウン!」
　音楽——静かにイン。B・G。

小屋・表
　とび出す二人。

雪道
　走る二人。
　そのいくつかのショットのつみ重ね。

同・村はずれ
　二人、ゼエゼエと息を整えている。

麓郷・市街地
　ふたたびつっ走る二人。

交差点
　バスがやってくる。
　走ってきた二人、息を切らしてとび乗る。

道
　バスが雪景色の中を走る。
語り「その日七時すぎに到着する汽車に、父さんとおばさんが乗ってくるはずで、それをみんなで迎えに行こうと草太兄ちゃんと約束しておりだけど。
スキーがやめられなくて、約束の時間に帰れなかったわけで」

富良野駅・前
　バスが着く。
　もううす暗くなっている。

同・改札口――待合室

純と正吉とび込んで探す。

音楽――ゆっくり消えていく。

螢も草太もどこにもいない。

正吉「まだ来とらんぞ」
純「なンでえ、焦って損しちゃった」
正吉「どうしたンだろう」
純「だってまだ一時間たっぷりあるンだ。兄ちゃんうちでお化粧しちゃってンじゃない？」
正吉「雪子おばさん来るからな」
純「ククッ、逢ったときどんな顔するか見ものですよ！」

共同牧場・牛舎

螢の顔。

草太の声「よしッ、出たぞ!! そっちつかめ!!」

牛の出産。

草太と牧場の男たち。

草太「時間がねえンだからスンナリ出ろよコノッ」

仔牛の首が出る。

後はつるりと全身が。

男たち受けとめ、地べたへ置く。ワラ屑で仔牛の体を拭いてやる。

草太「よしッ。OK！ 一丁上がりッ。後頼んだぞ。螢ッ。行くべ!!」

草太と螢、表へ走る。

はやくも懸命に立とうとする仔牛。

牧場・広場

草太「（手を洗いつつ）車に乗ってろ！ 今すぐ行くから！――？」（ふっと一方を見る）

山裾の道を、消防自動車がサイレン鳴らして走って行く。

草太、急いで玄関へとび込み、長靴をブーツにはきかえる。

奥で電話のベルが鳴っている。

草太「おッかア！ 電話電話!! 仔牛生まれたから！ 駅行ってくるぞ!!」

正子の声「もしもし！ ハイそうです」

草太とび出し、自動車にとび乗る。

ダッシュボードからオーデコロンをとり出し、螢に向ってニヤリと笑う。

草太「雪ちゃん乗すからな。いい匂いさせんとな」
　シュー〃と車内にまき、ダッシュボードにまたしまう。
草太「サ、行くかッ」
　エンジンをかける。
　突然、
正子「(とび出す) 草ちゃん！　草ちゃん!!」
　窓をあける草太。
正子「(走り寄り) 火事!!　蛍ちゃんの丸太小屋!!」
　蛍。
　草太、いきなり車をスタート。

雪道

　草太の車がすっとぶ。
　そのいくつかのショットのつみ重ね。

麓郷・道

　消防車のサイレン。
　人々が走る。
　草太の車、走ってきて止まる。
　草太首を出し、
草太「クマ!!」
クマ「ア！　丸太小屋だ!!　燃えてる!!」
草太「乗れ!!」
　クマ (松下豪介) がとび乗る。
蛍「(口押え、泣きそうに小さく) イヤダア――!」

道

　フロントグラスから。
　その向うが遠く赤に染まっている。
語《り》「そんなことは全然知らなかった」

富良野駅・ホーム

　入ってくる列車。
　下り立つ五郎と雪子。
　とびつく純。
純「おかえんなさい!!」
雪子「純ちゃん!!」
五郎「蛍は？」
純「それがさ、来ないンだ。草太兄ちゃんと来るはずなのに」
正吉「お帰ンなさい」
五郎「おお正吉。元気か」

正吉「はい」
雪子「大きくなったなア正吉君」

バス

　麓郷に入ってくる。
語《り》「バスが麓郷に着いたのは四十分間ぐらい後だったと思う」

麓郷・交差点

　下り立つ四人。
語《り》「町の中が何だか変だった」
　どこかでサイレン。
五郎「――火事らしいな」
雪子「どこかしら」
　四人。
五郎「中ちゃんところちょっと寄ってくか」

中畑木材・事務所

　四人、戸をあけて。
五郎「(ニッコリ)こんちは」
　電話をかけていたみずえふり向く。
みずえ「五郎さん!!　おたくが今、火事よ!!」
五郎(息をのむ)
　純。
　雪子。
　正吉。
　五郎とび出す。
みずえ「車!!　五郎さん!　家の車使って!!」

現場

　丸太小屋――燃えている。

　消防車の放水。

　走り廻る人々。

「林に移るぞ!!」

「木だ!!　木先に伐れ!!」

現場付近

　駆けつける四人。

「下がって下がって!!」

五郎「ここにいろ!!」

　五郎、走って辰巳をつかまえる。

五郎「辰巳さん!!」

辰巳「おお!!」
五郎「螢は!!」
辰巳「大丈夫。あっちにいる!!」
　火の粉を浴びて五郎走る。

雪道

　螢、口をおさえ、草太と友子につき添われて立っている。

　走ってくる五郎。

　螢。

　——走り、五郎にとびつきしがみつく。

火

　轟々と渦巻き燃える。

　放水。

　サイレン。

人垣

　放心したように立っている純と正吉。

　純。

語り「どうしていいかわからなかった。

　どうしていいかわからなかったけど——。

　そのとき僕は一生懸命、頭の中で考えてたンだ。

　何て言い訳したらいいのか。

　どういうふうに言い逃れようかって」

火事

語り「火もとは——あのとき急いで着がえ、干し網の上に放ったシャツだと思われた。放ったとき、たぶんキチンとのっからず、どっかにひっかかってぶら下がってたンだ。

　それに火がついて燃えたンだと思われた。

　螢に年じゅういわれてたことだ。

　あれが原因だ。

　そうにちがいない。

　でも——。

　そのことはかくさなくちゃいけない。

　何とか別の理由を考えなきゃ」

純

語り「僕は必死に考えてたンだ」
　音楽——静かな旋律でイン。B・G。

月

語り「その晩は簡単な現場検証があり、それからみんなで中畑のおじさんの家へ行った」

中畑家・居間

みずえと草太、正子、雪子。——黙りこくってみかんを食べている。

語り「父さんと中畑のおじさんは、現場からまだ帰ってなかった。
僕ら子どもは、すみえちゃんの部屋に布団を敷いてもらって眠るようにいわれた」

同・すみえの部屋

子ども四人。

語り「大人はみんな愉しそうに話していた。
それは僕らを傷つけまいと、ことさら明るくしていたのだと思われ」

同・事務所前

音楽——ゆっくり消える。
車が着く。
辰巳とクマ、中へ入る。

事務所

奥から出るみずえ、雪子。

みずえ「どうなの」
辰巳「現場検証は今すみました。事情聴取は明日あるそうです」
みずえ「火もとは」
クマ「どうもストーブらしいですね」

廊下

立って、きいている純。

辰巳の声「ストーブの上から何か落ちたか、干してあったものに燃え移ったか」
雪子の声「義兄さんは？」
クマの声「現場にまだ残ってます」

現場

月光の下に丸太小屋の焼跡。
まだところどころくすぶっている。

ポツンと立っている五郎と和夫。
間。
和夫「だけどまア、子どもになんにもなくてよかった」
五郎「――ああ。――本当だ」
間。
五郎。――懸命に笑ってみせる。
五郎「一から出直しだ。ハハ――」
和夫「――」
五郎「また、やり直しだ」
和夫「――」
間。
五郎。――胴巻きから、出稼ぎで稼いできた金袋をとり出す。
五郎「とりあえずいろいろ――。これで頼むよ」
和夫「――イヤ」
五郎「村の連中へのお詫びとかいろいろ。――そういうことオレ、――とんとうといから」
和夫。
和夫「わかった。じゃあ一応預かっとくよ」
間。
五郎「二年半か」
和夫「――」
五郎「(笑う) はかない丸太小屋だったな」
音楽――イン。B・G。

中畑家・すみえの部屋

並んで寝ている四人の子ども。
目をあけている純と正吉。

つらら

朝の光にキラキラ光っている。
語《り》「翌日、交番で事情聴取を受けた」
音楽――砕ける。

交番

純と正吉。巡査の今井さん。
今井「さてと」
二人「――」
今井「恐がらなくていいンだよ。ただ情況をきくだけだからね」
二人「――」
今井「火の気があったのはストーブだけだね」

二人（うなずく）
今井「薪ストーブ」
二人（うなずく）
今井「五時二十分のバスに乗るためにうちを出たのは、何時頃だったかな」
純「――たぶん、四時四十分ぐらいじゃなかったかと」
今井「四時四十分。（書く）そのとき、ストーブに薪はどのくらい入ってた？」
純「――さア」
今井「まだ新しくくべたばかりだった？」
純「――サア、よくボクは、――おぼえていない」
今井「うン」
二人「――――」
純。
今井「ストーブのまわりに、火のつくようなものは何かあったかな」
純。
正吉。
今井「たとえば、ストーブのこの、上に、ぬれたものを乾かす網があったね」
純。
今井「そこには何か、干してあった？」
純。
正吉。
純。
純「僕は別に何も、干したおぼえは」
今井「干してなかった」
純「――よくおぼえてないけど」
今井「忘れちゃったかな」
純。
純「あすこは、落ちて燃えると危いから、――出かけるときは干しちゃいけないって――いつもお父さんにいわれていたし」
今井「うン」
純「――――」
間。
今井「（正吉に）君も何もおぼえないかな」
正吉。
今井「昨日、でかけるとき、その網の上に」
正吉「――（低く）干しました」
純の顔。
今井「干した」

正吉「ハイ」
今井「何を」
　正吉。
正吉「その前スキーから帰ってきて、シャツがぬれてたからそれを脱いで、――いつもみたくアミの上に放り上げたンだけど――もしかしたらキチンとのっからないで――どっかにひっかかってぶら下がってたかもしれません」
　純の顔。
今井「なるほど。――じゃあもしかしたらそれがストーブに落っこって燃えたかな」
正吉「かもしれません」
今井「ウン」
　純の顔。
語《り》「ドキドキしていた」
今井「そういう可能性は考えられるな」
語《り》「すっかりあわてていた」
今井「どのくらいの高さ？　その網は」
正吉「この――くらい」
今井「ストーブの高さは」
正吉「――このくらい」
　純。
今井「あれはおじさんもよくやるンだ。おばさんに年じゅう怒られてる」
語《り》「立って、大声で、言い直したかった。
僕もやりました！　本当は僕なンです！
本当は正吉より、――僕がやったンです！」
音楽――テーマ曲、静かに入る。Ｂ・Ｇ。
　正吉になおもいろいろきく今井。
　純。
語《り》「だけどそのとき結局僕は、――何もいわずに黙っていたわけで」

雪道

　歩く二人。
語《り》「ショックだった。
正吉が――。
自分がやったといったこと。
正吉がやったと思い込んでるなら、それは本当は都合のいいはずで。
でも――」
二人を自動車が追い抜いて行く。

雪煙。

語り「正吉は本当にそう思ってるのか。
それとも――。
本当はボクのやったことと知ってて、ボクを庇《かば》うため
にそういったのか。
だけども――
僕にはそのことについて、正吉にきいてみる度胸もな
くて――」

現場

人々、後片づけに立ち働く。

語り「おどろいたことに丸太小屋の跡は、村じゅうの人が総
出で働き、もうほとんどきれいになってしまってい
た」

焼け残った暖炉の、焼け焦げた石積み。

そこにぼう然と立っている純。

大人たちの声が近くでささやく。

「子どもの火遊びだって？」

「イヤ、火の不始末だ」

「子どもたちだけで住んでたンだもな」

「五郎さんも一日早く帰ってりゃ」

「イヤ、不始末は五郎さんの子どもじゃねえそうだ」

「どうして」

「今交番できいてきたンだ。あずかってたホレあの、
みどりの子ども」

「ああ」

「あいつの不始末が原因らしい」


純の顔。

音楽――急激にたかまってつづく。

焼跡の真ん中に立っている正吉。

語り「それがこの冬の大きな出来事だ。火事そのものと同じ
くらいに、僕の心の大きな傷になった、今年の冬の出
来事だったンだ」

3

草原

純と正吉が走る。

語り「雪子おばさんが、突然その人を父さんに会わせにつれ
てきたのは、その翌日の夕方だった」

家・裏

　純、正吉、螢。

純「結婚?!」
螢「しッ」
純「結婚って、おばさんその人と結婚するのか?!」
螢「みたい」
純「みたいって、それじゃどうするンだよ草太兄ちゃん」
螢「知らない」
純「知らないって——知ってるのかよ草太兄ちゃん！」
螢「知らない。とにかくその人と一緒に明日東京に帰るンだって」

　純。
　音楽——鋭い衝撃音。
　純と正吉家へ走り、壁のふし穴から中をのぞく。

家（ふし穴から）

　五郎、雪子、そして井関の姿が見える。
　長い間。

井関「風力発電はダメなンですか」
五郎「風がほとんど吹かないンですよね」
井関「——」
五郎「春先には一時吹くンですが、——何しろこのとおり両側が山なンでどうしても通りが——ハイ」

　間。

井関「水力発電は無理なンですか」
五郎「ええまアそれも——やってできないことはないンでしょうが」
井関「——」
五郎「今はまアそれより、何とか稼いで北電に電気通してもらうほうが」
井関「——」
五郎「子どもらも電気欲しがってますし」
井関「そうですか」

　間。

井関「いや前に雪ちゃんから風力発電の話きいて、感動したンですけどねおにいさんの生き方に」
五郎「いやア」

　間。

井関「そうですか、水力もダメですか」
五郎「まアあれですよ——言うは易しで——ハイ」
語《り》「イライラしていた」

川

急流。

語《り》「父さんがひどく卑屈に見えた」

川岸

純。

語《り》「卑屈で、力なく、しぼんで見えた。
そうなンだ。この一年。
ことにあの丸太小屋が燃えてしまってから、父さんは
どことなくしぼんでしまった」

音楽——低い旋律で入る。Ｂ・Ｇ。

風力発電

プロペラがブランとぶら下がっている。

語《り》「丸太小屋が焼けて、この廃屋にこの春みんなで引っ越
してきたとき、風力発電の装置をとりつけた。だけど
その装置はうまく動かず、父さんは何度か直そうと試
みた。だけど結局うまくいかないで、とうとうそのま
ま諦めてしまった」

草原（記憶）

五郎、男たちに頭を下げている。

語《り》「あきらめて役場や北電の人に、ペコペコ頭を下げて頼
んだ。それは、こっちに移ってきた当時の、あのたく
ましい父さんとはちがっていた」

見ている純。

語《り》「父さん。どうしたの」

記憶

・水道開設時のあの五郎。

語《り》「あの頃の父さんはどうしたの」

・電気を通した父。

語《り》「水道や電気を誰にもたのまず、たった一人でやりとげ
た父さん。
あの頃の父さんはどこに行ったの。
僕ら父さんを尊敬してたのに」

音楽——急激に盛りあがって砕ける。

ランプ

語《り》「その晩の食事はお通夜みたいだった。
今夜が最後の夜だからというンで、雪子おばさんは相
手の人をホテルに置き、僕らと一緒にごはんを食べた

ンだ。
でも。
父さんは、急に雪子おばさんがその人をつれてきちまったことに、明らかに相当なショックを受けており」
無言の晩さん。
純「(食べつつポツリ) 水力発電はホントにダメかなア」
五郎「――」
螢。
純「水力発電」
五郎「――(食べつつ) それがどうした」
純「クマさんがこないだいってたンだよね、この川ぐらいの流れがあったら水力発電十分できるって」
五郎、
――黙々とめしを食う。
純「仕掛けは風力と同じだっていうンだ。ただプロペラを風で廻す代わりに、水車を作って水力で廻せば」
五郎「やったらどうだ」
純「――」
五郎「そう思うなら自分でやったらどうだ」
間。
純「そりゃあ僕にはできないけど」
五郎「できないなら黙ってろ」
間。
純「でもさ」
間。
五郎「でも何」
間。
純「北電にたのめばお金がうんとかかるンでしょ」
五郎「――」
純「そのこと考えれば水車作るぐらい」
五郎「オイ」
純「ハイ」
五郎「そんなに電気が欲しいのか」
純「――」
五郎「そんなにランプの生活がいやか」
純「そうじゃないけど」
五郎「――」
純「そういう意味でいってンじゃないけど――ただ」
五郎「――ただ、何」
純。
純「昔だったら父さん絶対、風力がダメなら水力発電、何とかやろうと考えたと思うンだ」

五郎（黙々と食う）
純「お金使って電気通すより」
五郎「――」
純「最初の頃はそうだったでしょう？」
五郎「――」
純「山から水道引いてきちゃったり、初めて風力で電気つけたり」
五郎「――」
純「あの頃父さん何でもやったもン」
五郎「――」
純「信じられないくらい自分で何でも」
五郎。
五郎「今はやらないとそういいたいのか」
純「――別にそういうわけじゃないけど」
五郎「――」
純「だけどあの頃は」
五郎「（鋭く）いつやれっていうンだ！」
純「――」
螢。
五郎「朝の五時半から夜の七時すぎまで父さんは必死に働いている」
純「――」
五郎「父さんは疲れてる。もうヘトヘトだ。それでも我慢して必死にやってる」
純「――」
五郎「その父さんにこれ以上働けっていうのか」
雪子。
五郎「これ以上どこで、何しろっていうンだ！」
純。
螢。正吉。
五郎「丸太小屋は焼いた。何もかもなくした。父さんにあるのは借金だけだ。それを返すために必死に働いてる。ヘトヘトだ、実際もうヘトヘトだ。その父さんに今お前らは」
雪子「義兄さん――」
五郎「――」
間。
純「ゴメンナサイ」
間。
五郎「（急に立つ。小さく）出てくる」
雪子「義兄さん」
五郎「雪ちゃん」

雪子「――ハイ」
　五郎。
五郎「オレは――。納得いかない。君のやり方に、納得いかない」
雪子「――」
五郎「君が――どうしてここにいたのか。この冬――何で来たいといったのか。――草太や、清さんや、あいつらの気持を――君がどんなふうに考えているのか」
　雪子。
　純。螢。
五郎「俺は――はなはだ、納得いかない！（外へ）」
　音楽――鮮烈にイン。B・G。
　雪子。
　間。
　――懸命に笑って純と正吉に、
雪子「お代わり？」
　純。
　正吉。
純「（食器を持って立つ）ゴチソウサマ」
正吉「（同じく）ゴチソウサマ」
　雪子。

　――必死に螢を見、ちょっと笑う。
　螢、――無言で箸を運んでいる。
　雪子の目に、涙がじわっと浮かぶ。

ヘッドライト

　闇の中を切り裂いてくる。

共同牧場

　その入口に、ヘッドライトが来て止まる。

車内

　五郎。

牧場

　その灯。

車内

　五郎。
　――乱暴に車をスタートさせる。
　低くしのび込む演歌。

富良野・飲屋通り

「駒草」の灯。
五郎の影がその前に立つ。

「駒草」

ママ「いらっしゃい——アラア！　五郎ちゃんめずらしい！」
カウンターへ坐る五郎。
ママ「よくわかったわね」
五郎「何が」
ママ「こごみちゃんがまた富良野に帰ってきたの」
五郎「——いなかったのか」
ママ「知らなかったの？」
五郎「どこ行ってたの」
こごみ「いらっしゃい」
ママ「(新しい客へ) アラ、いらっしゃい！」
隣りへ坐るこごみ。
こごみ「しばらく」
五郎「しばらく」
こごみ「昨日——来てたでしょ」
五郎「何」
こごみ「ヘソ踊り」
五郎「気がついてたのか」
こごみ「私——ここンとこに目がついてるから」
ちょっと笑う二人。
こごみ「水割り？」
五郎「ああ、薄いの」
こごみ「大変だったンだってね」
五郎「何」
こごみ「火事」
五郎「ああ」
こごみ「ずっと後できいたの。お見舞いにも行けなくて」
五郎「いなかったンだって？」
こごみ「うン。しばらくね」
五郎「どうしたの」
こごみ「フフ——きいてない？」
五郎「何も」
こごみ、——水割りをつくりつつ、ちょっと笑う。
こごみ「ちょっとしばらく、いい夢見ちゃってた」
五郎「——？」
こごみ「結婚しかけたの」
五郎「本当！」

こごみ「ハイ、どうぞ。――乾盃。チン！」
　飲む二人。
五郎「それで」
こごみ「お店をやめて、帯広まで行って」
五郎「帯広の人」
こごみ「本当は内地の人」
五郎「――それで」
こごみ「準備万端ととのえちゃいましてえ。桐のタンスなンかまで買っちゃいましてえ。――そしたらあちらにどういうわけか突然奥様が現われましてえ。フフフ」
五郎「――――」
こごみ「桐のタンスだけ手もとに残っちゃった」
　演歌。
こごみ「桐のタンスに憧れてたのネ私。お嫁に行くときはほかのものはいらないから、桐のタンスだけどうしても買おうって」
五郎「――――」
こごみ「タンスっていってもこんな小っちゃな、――帯広のデパートのバーゲンの品だけど」
　間。
五郎「つまり相手にだまされたわけか」
　間。
こごみ「（笑う）いい人だったのよ」
五郎「――――」
こごみ「良すぎちゃったのネ」
五郎「――――」
こごみ「やさしすぎて、どうしても言いだせなかったのよ」
五郎「――――」
こごみ「本当のことを――。やさしすぎちゃって」
　間。
　演歌。
こごみ「五郎ちゃんは？」
五郎「――何」
　間。
こごみ「元気にしてた」
　間。
五郎「どうかな」
　間。
こごみ「今年のいかだ下りは？」
　間。
五郎「出れんだろうな。仕事忙しくて」

こごみ「――そう」
五郎「出るかい？」
こごみ「私も――今年は出ない」
　間。
こごみ「そういえば草ちゃん時々来るのよ」
五郎「(見る) 草ちゃんて草太か」
こごみ「そう、北村の。結婚するンだって？　ついにあの人と」
　五郎。
こごみ「いかだ下りに二人で出るンだって、すごい派手ないかだ作っちゃったンだって。ピンクのペンキでＹＵＫＩＫＯって書くンだって」
　五郎。
　音楽――静かな旋律で入る。Ｂ・Ｇ。

空知川・河原
　草太のいかだ「ＹＵＫＩＫＯ」がある。
　キラキラ光っている川。
語り「その翌日僕と正吉は、雪子おばさんを送るのがいやで努君をさそって空知川へ行った」
　純と正吉、「ＹＵＫＩＫＯ」を見ている。
語り「草太兄ちゃんが作ってくれた僕らのいかだを試したかったからで」
正吉「やるか」
純「うン」
　二人、自分らのいかだに手をかける。
努「本当に乗るの？」
正吉「当り前じゃねえか」
努「怒られない？」
正吉「大丈夫だって」
純「恐かったら乗らないでいいンだぞ」
努「恐くなンかないよ」
正吉「泳げるのか」
努「水泳、級の代表に出たもン」
正吉「スッゴイデスネエ！」
純「ホラ、手伝えよ」
努「だけどこっちのほうがいいンじゃない？」
純「そっちは兄ちゃんの――（正吉を見る）兄ちゃん一人でも出ると思うか」
　間。
正吉「こっちにするか」
努「そっちのほうが絶対安全みたいだよ」

間。

純「そうするか」

正吉「ウン！　こっちのほうがカッコいいもナ！」

三人、「ＹＵＫＩＫＯ」を流れへ運ぶ。

純「下ろしたらとび乗れ！」

正吉「よし、下ろすぞ！」

正吉「竿々！」

努「これ?!」

純「そう。行くぞ！」

正吉「よしッ。努乗れッ」

純「早くほら！」

正吉「乗るぞ！」

純「よし！　行くぞ!!」

三人、いかだに乗る。

三人「キャッホー!!」

川

三人を乗せた「ＹＵＫＩＫＯ」が滑る。

「キャッホー!!」

「最高ーッ!!」

語《り》「最初のうちはうまくいったンだ。ところが努君が竿を放してしまい」

努「竿ッ!!」

純「アッバカ!!」

正吉「とれとれ!!　手えのばせ!!」

純「ダメだちょっと寄っちゃダメ、寄っちゃ」

いかだ、片方に寄った全員の重みで簡単に転ぷくする。

音楽——消えている。

放り出されて、必死に岸へ泳ぎつく純と正吉。

「ＹＵＫＩＫＯ」川下へそのまま流れる。

正吉「いかだ!!」

純「追え追え!!」

正吉「努は！」

流木に必死にしがみついている努。

努、何か叫ぶ。

純と正吉、川へとび込む。

必死に流れを切り、努の所へ行く。

努、手を放す。

三人、下流へぐうーんと流され、そこから岸へ懸命に近づく。

河原

三人、ゼエゼエとはい上がる。
半ベソの努。
純、ハッと川下を見る。
流れていく「YUKIKO」
純、立つ。
正吉も立つ。
二人、河原を川下へ走る。
しかし「YUKIKO」はもうつかまらない。
遠い下流へ流れ去っている。
ぼう然と立つ二人。
音楽──静かな旋律で入る。B・G。

陽が

雲に入る。

河原

ガタガタふるえている努。
同じくふるえつつ、ぬれた衣服を脱いでいる純と正吉。
努「(半ベソ) だからイヤだっていったンだ」
二人「────」
努「どうするンだよ」
正吉「お前が竿落としたからいけないンだぞ」
努──ガクガクふるえて、
努「タクシー呼んでよ」
正吉「(びっくりして) タクシー?!」
純「どうやって!」
努「呼んでよ」
純「そんなもン呼べるわけねえじゃねえか」
努「(泣きじゃくって) ママに電話してよ」
正吉「それよりお前、寒いンだったらパンツまで全部脱いじゃったほうがいいぞ」
努 (ガクガク)
正吉「そのままにしてたら風邪ひいちゃうぞ」
純「脱ぎな」
正吉、努のパンツに手をかける。
努「(あわてて) いい! いい!」
正吉「よかねえよ、脱ぎなよ!」
純「脱いで干すンだよ!」
努「いい!」
正吉「ガタガタいわずに脱げこの野郎!」
努「ア、ちょっと! 困る! イヤ!」
正吉と純、強引に努のパンツを脱がす。

努、懸命に前をかくす。
正吉「かくさなくたって誰も見ねえよ」
純「といいながらジーロジロ見ちゃったりして。クク」
正吉「ククク」
　努、涙をこする。
努「言いつけてやるからな」
正吉「お前が竿落としたからいけねえンじゃねえか」
努「――」
正吉「だいたい泳げるっていったくせして」
　間。
努「そのことじゃないよ」
正吉「何だよ」
努「本、盗ったろう」
　純。
努「パソコンの本」
　正吉。
努「僕の本盗んでいっただろう！」
　純と正吉。
　音楽――消えている。
正吉「（純に）盗んだか」
純「――知らねえ」

努「知ってるもン」
　純と正吉。
正吉「頭にきた！」
純「頭にきた！」
努「知ってるもン」
語り「ドキドキしていた」
努「言いつけてやるからな」
二人「――」
努「泥棒したって」
　川音。
正吉「頭にきた。よオし、そういう態度とるなら、（立つ）もう面倒なンか見てやンねえ。行こうぜ」
純（立つ）
努「（あわてて）待ってよ！」
正吉「誰が待つか、オラたちゃ泥棒だからな！　行くべ！」
純「正吉」
正吉「放っとけ！」
　正吉、ぬれた衣服をまとめてかかえ、サッサと土手へ駆け上がってしまう。
努「待ってよ！」

純「正吉！」
純、努を気にしつつ、自分も衣服をまとめて正吉を追う。
努「待ってよ！」
パンツをはこうとしてウロウロする努。
語《り》「ドキドキしていた」

畦《あぜ》道

ぐんぐん歩いていく純と正吉。
語《り》「本を持ってったことを気がつかれていた」

木陰

かかえてきた服を身につける二人。
語《り》「あいつはそのことにちゃんと気づいていた」
正吉「(突然) アレ?!」
純「エ?」
正吉「(笑う) あいつのズボン持ってきちゃった！」
正吉のぶら下げた努の半ズボン。
正吉「あのバカ、あすこからパンツ一丁で麓郷まで一人で帰ってくるぜ (笑う)」
純。
音楽——不安定なリズムでイン。

踏切

チンチン警鐘機が鳴っている。
待っている二人。

麓郷街道

歩く二人。
純「大丈夫かな」
正吉「何が」
純「パンツ一丁で」
正吉「知るか」

＊

歩く二人。
純「返してやったほうがいいンじゃねえか」
正吉「じゃお前行けよ」

＊

歩く二人。
正吉「泥棒っていわれたンだゾ」
純「実際したじゃねえか」
歩く二人。

正吉「誰が」
　歩く二人。
純「お前が」
　歩く二人。
正吉「どっちが先にしようとしたンだ」
純「オレは何もやってないだろう！」
正吉「とろうとした」
純「してない！」
正吉「した」
純「してない！」

＊

　歩いてくる二人。
　突然正吉、努のズボンを、川の流れへ放り込む。
純「ア！」
正吉「あい変らずお前は汚い野郎だなア！」
純「――（キッと見る）」

＊

　歩く二人。
語り「それからもうずっと口をきかなかった」

麓郷交差点

語り「僕らは道の両端を歩いた」
　改札のアナウンス（音楽、消えて）。

富良野駅・改札口

　出立する雪子と井関。
　見送って立っている五郎、和夫、みずえ、そして螢。
　螢は外を目で追っている。
雪子「（螢に）じゃあね」
螢（うなずく）
雪子「純ちゃんたちによろしくね」
螢（うなずく）
　挨拶をかわす大人たち。
　螢、また外を気にする。
五郎「（小声で）純たちまだ来ないか」
螢「（小声で）見てくる」
　螢、駅舎の外へ。

同・広場

　螢とび出し、広場を見る。
　純たちはいない。
　螢、また中へとび込む。――とび込みかけた螢の足が止まる。
螢の視線――
本屋の前にある草太のオートバイ。
螢。
カメラ、ゆっくりとオートバイに寄る。
そしてその後、本屋の店内へ。
森進一の「ラヴ・イズ・オーヴァー」店内から低く流れ出ている。

本屋・店内

駅に背を向け、雑誌を立ち読みしている草太の後ろ姿。
店内いっぱいの森進一。
草太、フッと目を移す。
立っている螢。
草太「よオ」
螢「――――」
草太「どうしたンだ」
螢「――――」
螢、駅のほうを見る。
そして草太を見る。
草太「(雑誌をバンと置く) ドライブ行くか。スパーッととばして」
森進一盛りあがり、以下へ流れる。

ホーム

列車が入ってくる。

改札

立っている五郎たち。

車内

移動して来て席へ着く雪子と井関。
雪子、さり気なく窓外を見る。

ホーム

発車のベル。

改札口

五郎たち。

車窓

雪子。

発車のベルが止まる。
雪子の目に涙がにじんでいる。
動きだす列車。

列車が

富良野駅を離れていく。

同・車内

雪子。
その前に、井関が飲物をさし出す。
井関の微笑。
雪子もかすかに笑ってみせる。

陸橋

列車が渡っていく。
その下を流れる空知川。

車窓

雪子。
景色がとんでいく。

車内

改札が来る。
雪子、バッグをとり、切符を出す。

列車

トンネルを抜け、川添いに走る。

その対岸

夏草の中に小さくいる草太のオートバイ。
草太と螢。
草太。
通過していく列車。
草太。
列車——去る。
草太。
螢が草太をつつく。
にっこり笑って、摘んだ花をさし出す。

空知川

川面に夕立ちがサーッと降ってくる。

土手

雨の中を草太のオートバイが来る。
草太と螢。
草太、川を見、少しまた走る。
少し走ってから急に止まる。
ふり返った草太。
その視線に――

空知川

傾き、岩にひっかかっているいかだの残骸。
「ＹＵＫＩＫＯ」
川音、異常にたかくなり、
森進一、その中に消えていく。

土手

草太。
螢。
草太、急にオートバイを猛然と走らせる。

別の土手

草太のオートバイが来る。
急停車する。
草太と螢。

河原

フキの葉を傘がわりにした数人の子どもがいる。
子どもらは草むらに何かを見ている。
草太、
オートバイを乗り入れてくる。
のぞく。
螢。
螢「(口の中で) 努君――！」
オートバイからとび下りる螢。
フキの葉の中でズブぬれの努。
パンツ一丁でガクガクふるえている。
音楽――

4

雨

語り「夕方から麓郷も雨になった」

語《り》家

「家に帰っても僕は、正吉と口をきかないでじっとしていた」

ヘッドライト

語《り》「草太兄ちゃんと螢が帰ってきたのは、もう真っ暗になってからだった」

家

ずぶぬれで入る草太と螢。

純。正吉。

草太、無言でぬれたシャツを脱ぎ、ストーブに薪を放り込む。

純、立ち、急いで火をつける。

草太「お前らどうして雪子おばさんを送りにこなかった」

純「――」

草太「オラに義理だてして冷たくしたつもりか」

純「――」

草太「それで勝手にいかだを出したのか」

純「――」

草太「お前ら努を放っぽってきたな」

純。

正吉。

草太「あいつ熱出して入院したぞ」

ギクンと見る純。

正吉。

草太「それはまアいい。軽い肺炎だ。命がどうこうって問題じゃない」

純。

草太「純」

純「――ハイ」

草太「お前らがオラに同情して、雪子おばさんを見送らなかったならそりゃあ筋ちがいだ。お前らまちがってる」

純「――」

草太「雪ちゃんはあの人が好きだったンだ。八年間ずうっと好きだったンだ」

純「――」

草太「これはすごいことだ。大したもンだ」

純「――」

草太「オラはそういう——しつこさに感動する」
純「——」
草太「オラなンか出る幕じゃない。オラの完敗だ」
純「——」
　ストーブの火が、バチバチ音をたてだす。
草太「オラは簡単に女の子に惚れる。だがまた簡単に次の子に移る」
純「——」
草太「雪ちゃんはちがった。雪ちゃんはえらい」
純「——」
草太「オラは勉強した」
純「——」
草太「ああいうのが恋だ」
純「——」
草太「オラは雪ちゃんに——」
　戸の開く音。
　ふり向く一同。
　疲れ果て入った五郎。
　——無言で合羽を脱ぎ壁にかける。

雨だれ

語《り》「十時すぎになって雨はあがった」

ランプ

螢の声「お兄ちゃん」

家

　純。

螢「父さんが表で呼んでる」

同・表・物置

　農具を黙々と修理している五郎。
　純が立つ。
純「——ハイ」
　間。
五郎「一つききたい」
純「ハイ」
　間。
五郎「あの子のズボンはどこにある」
　純。
純「川に捨てました」
五郎「——」

純「正吉君が――」
　五郎。
　間。
五郎「じゃあパソコンの本を盗ったのは誰だ」
純「ア、イヤあれは盗ったンじゃなくて」
五郎「黙って持ってくのは盗ったということだ」
純「――」
五郎「どっちがやった」
　純。
純「正吉君です」
　間。
五郎「今どこにある」
純「今」
五郎「どっちが持ってる」
純「ア、イヤそれは、僕が今アレだけど、ただ盗ったのは」
五郎「どっちが持ってるかと父さんはきいてる」
純「――僕が持ってます」
　間。
五郎「いかだに乗ろうといったのはどっちだ」
純「ハイアノそれは正吉君が」
五郎「わかった」
純「――」
　間。
五郎「みんな正吉だな」
純「――」
五郎「悪いのはみんな正吉だな」
純「――」
　間。
五郎「お前はもういい。正吉を呼んでこい」
純「ハイ」
　行こうとする。
五郎「純」
純「ハイ」
五郎「正吉は明日引き取る人が来る。母さんのところへ帰ることになった。話すことがあったら今夜じゅうに話しとけ」
　純。
純「――ハイ」
　音楽――鋭い衝撃で入る。B・G。

家

純入って、正吉に「呼んでる」とゼスチュア。
正吉、外へ。
純。
語り「ショックだった。
正吉が——明日——いなくなる」
純。
語り「でも——。
それ以上にショックだったのは今父さんがいったひと
言だった」
五郎の声「みんな正吉だな」
純。
五郎の声「悪いのはみんな正吉だな」

ランプ

語り「正吉はそれから十五分くらいして、黙って入ってきて
二階へ上がった。
正吉は少し泣いたみたいだった。
僕は——
正吉に何かいおうと思い」

二階

荷造りしている正吉。
上がってくる純。
語り「だけど——結局、何もいえず」

蛾

バタバタとランプに寄っている。
螢の声「父さん」

家（一階）

五郎——黙々と繕《つくろ》いものをしている。
螢「お兄ちゃんと正吉君がね」
五郎「——何」
螢「努君いじめたのはわけがあるのね」
五郎「——どういう」
螢「——あの子」
五郎「——」
螢「父さんの悪口いったのね」
五郎「——」
螢「お兄ちゃんたちそれで——怒ってたのね」
五郎「——」
五郎。

山

快晴。

音楽——ゆっくり盛りあがって終る。

語り「翌日はからりと晴れ上がった」

家（二階）

正吉、すごい勢いで丹念に室内を掃除している。

語り「朝から、正吉は何も口をきかず、すごい勢いで家の中を掃除した」

見ている純。

語り「僕は正吉と何とか話そうと、ウロウロ、チャンスをうかがっていた」

黙々と働く正吉。

語り「でも正吉は全く物いわず、すごい勢いで片づけをつづけており」

純。

語り「それは——みようによっては、母さんのところに帰れるので、内心うれしくてたまらないようにも思われ」

夕暮れ

語り「結局そうやって口のきけぬまま、出立時間が来てしまったわけで」

ホーム

正吉を引き取りに来た男。

正吉、純、螢、すみえ。五郎、和夫、みずえ。

みずえ「さよなら」

正吉「さよなら」

螢「さよなら、また来てね」

正吉「うン」

純——そっぽを向いている。

正吉、チラと見るがそっぽを向いている。

列車が近づくというホームのアナウンス。

純。

——突然正吉、純のそばへ来、背を向けたまま憎々しげにつぶやく。

正吉「アバヨ」

純。

純「アバヨ」

間。

正吉「やっと富良野から逃げ出せるぜ」

間。
純「やっと富良野が静かになるぜ」
背を向け合ったままの純と正吉。
正吉「あのバカによろしくな」
間。
純「誰だあのバカって」
正吉「努の野郎よ」
純「――」
正吉「あいつ見てたら昔のお前思い出したぜ」
純「――」
正吉「こっちに来た頃の、――もやしっこみてえな」
純「――」
正吉「弱虫のくせに生意気で最悪だったよなア」
純「――」
正吉「あいつと本当によく似てたぜ」
純。
純「じゃあ今のオレはどうなンだよ」
間。
正吉「かないませんよ頭よくって」
純。
正吉「まア死なないで生きててくださいよ」

純。
純「おたくもしっかり生きててくださいよ」
突然、五郎が正吉に近づく。
五郎「正吉」
正吉の声「ハイ」
五郎の声「母さんによろしくな」
正吉の声「ハイ」
蛍、五郎をつつく。
五郎「？」
蛍の視線を見る五郎。
正吉もそっちを見る。
同時に純も。
一同の視線。
はるかな柱の陰から、しのぶようにコソッとこっちをのぞく女。
――みどり。
みずえ「みどりちゃん――！」
正吉、バッと走りだす。
みどり、かくれる。
和夫「何だあのバカヤロウ。来てるなら来てるって」
行こうとする。その腕を五郎がそっとおさえる。

みどり。
柱の陰からチョコッとのぞき、来ないでくれと必死に手をふる。そして手を合わせる。
とんでいく正吉。
柱の陰にかくれ、手だけまた出しヒラヒラとふるみどり。
純。
五郎。
螢。
列車がホームに入ってくる。
みずえ「バカねえ――みどりちゃん」
正吉の肩をしっかり抱き、逃げるように列車に乗り込むみどり。
デッキからまた首を出し、泣きそうな顔で拝み、そして手をふる。
音楽――哀切に切りこんで入る。
発車のベル。
純。
語り「涙が、――鼻のずっと奥のほうで、コップの水みたく
ゆらゆらゆれていた。
正吉のおばさんが悲しかった。
正吉がすごく悲しかった。
父さんが、螢が――努君まで全部悲しかった」
発車のベルが止まる。
動きだす列車。
純。
語り「正吉にいわれたさっきのひと言が、僕の心に悲しく残っていた。
〝あいつ見てたら思い出したぜ。昔の、こっちに来た頃のお前を〟」
窓を目で探す純。
通過する列車の窓、窓、窓。
語り「正吉――！
顔を出せ！」
通過する窓、窓。
純。
語り「正吉――！
正吉――!!」
去っていく列車。

町（夜）

語り「その晩僕らは中畑のおじさんたちと別れ、父さんと三

人でラーメン屋へ入った」

ラーメン屋

五郎「何だかみんないなくなっちゃったな」
二人「────」
五郎「努のことは心配するな」
二人「────」
五郎「大したことはないそうだ」
純「────」
五郎「今年の夏はすごい暑さだな」
純「────」

ラーメンが来る。

女「店閉めますから急いでお願いします」
五郎「ハイ──さア食おう」

五郎と螢、箸をとって割る。
螢、純にも箸をとってやる。
だが、純は割り箸を割ろうとしない。
五郎、汁を吸い、フッと純を見る。

五郎「どうした」
純「────」
五郎「伸びるぞ」

純。

純「(低く)父さん────」
五郎「何」
純「僕──」
五郎「何」

間。

純「努君のズボンを持ってきちゃったのは、あれはたしかに正吉君だけど──それは、──まちがって持ってきちゃったンで」
五郎「────」
純「それに──」
五郎「────」
純「いかだに最初に乗ろうといったのは僕です」
五郎「────」

店内に流れている松田聖子の「スイート・メモリー」
螢。

純「それと──」
五郎「────」
純「パソコンの本を持ってこうとしたのは、──本当は僕です。僕が最初にやろうとしました」
五郎「────」

純「正吉は僕のために手伝っただけです」
五郎「――」
純「僕がどうしてもパソコンのことを――、東京ではみんな知ってるっていわれて――（声がふるえる）そういう時代に――なるンだっていわれて」
五郎「――」
純「僕らだけこっちで――置いてかれる気がして」
純、涙をふく。
五郎。
純「黙って持ってったのは悪いけど」
五郎「純」
純「それと――」
五郎「――」
純「それから――」
五郎「――」
純「丸太小屋の火事のあのときのこと」
螢。
五郎。
純「僕は責任ないみたいにいってたけど――本当は僕もあのときたしか――ストーブの上の網に、シャツをのっけて」
五郎。
純「急いでたから放り投げたので、それが――恐らくストーブに落っこって。それで――」
螢。
純「だから――」
五郎。
純「火事を出したのは僕の責任で」
五郎「――」
純の目から涙があふれている。
純「それを僕はずうっといいたくて。でも――どうしてもいえなかったのは――僕が――」
五郎「――」
純「卑怯で――」
五郎「――」
純「弱虫だからで」
五郎「――」
純「でもそのためにあれからずっと――」
五郎「――」
純「正吉に対して僕はずうっと――」
涙ふく純。
「スイート・メモリー」

螢。

女「すみません、悪いけど急いでくンない？」

五郎「すみません」

五郎。

螢「お兄ちゃん、食べよ？」

純「――」

五郎「そうか」

純「――」

五郎「よくわかった」

純「ゴメンナサイ」

五郎「もういい。食おう」

純「――」

五郎「（やさしく）さ」

純「――」

純、箸を割る。

三人、ズルズルとラーメンを食べだす。

五郎「（食べつつ）純」

純「――」

五郎「お前がいったから父さんもいおう」

純「――」

五郎「こないだお前、父さんにいったろう。風力発電がダメならどうして水力発電に挑戦しないのか。――昔の父さんなら挑戦したはずだって」

純「――」

五郎「ドキンとしたンだ」

純「――」

五郎「ああ」

純「――」

五郎「お前にいわれて本当にドキンとした」

純「――」

五郎「こっちに来て四年、父さんいつのまにか、来た当時みたいなパワーなくして――いつのまにか人に頼ろうとしていた」

純「――」

五郎「お前にいわれてドキンとしたンだ」

純「――」

五郎「お前のいうとおりだ。父さんだらけてた」

純「――」

五郎「だらけて本当に」

女「すみませんもう店閉めますから」

五郎。

五郎「最初に来たときの気持を忘れて」

女「時間があるンだから」

　五郎。

　間。

五郎「いくら」

女「千五百円」

　五郎、しわくちゃの金を出して払う。

螢「お兄ちゃん早く食べれば？」

女「毎度」

　丼を下げようとする。

五郎「（ギラリと見る）子どもがまだ食ってる途中でしょうが!!」

　ギクンと手を止めた女。

　純。

　螢。

　音楽――高中正義「虹伝説」イン。

同・表

　三人、出てきて並んで歩きだす。

語り「それが今年の夏の出来事だ」

空知川

　いかだ下り大会。

語り「八月五日、富良野の町ではいつものようにいかだ下り大会があった」

河原

　さまざまないかだ。

　陽気な人々。

語り「母さん。今年もいかだ下り大会です。だけど今年は僕らは見てました」

空知川（俯瞰）

　いかだの群れ。

語り「父さんも中畑のおじさんも、草太兄ちゃんも出ませんでした」

　音楽――テーマ曲、イン。

森

語り「いかだ下りが終ったら、急に空気がひんやりとしてきた。

　富良野の秋がもうそこへ来ていた。

　努君も退院して東京に帰った。

帰るときあの本を僕にくれてった」

『マイコン』

中畑木材

働く五郎。

語《り》「富良野は急に人がへったみたいだ」

草原（家の前）

薪を割る純と、洗濯物を干している螢。

語《り》「僕らの学校も二十日から始まる」

空知川

岩にひっかかったままの「YUKIKO」の残骸。

音楽――たかまって。

エンドマーク

北の国から’87初恋

紅葉

ドタドタと床板を走る音がする。

男の子1の声「ペンチはどこだ」

男の子2の声「どうしたンだ」

校舎・廊下

向い合っている男の子の足。

男の子1「シンジュクさんが探してる。ヤバイぞ」

男の子2「シンジュクさんって電機屋のシンジュクさんか」

男の子1「ああ」

男の子2「どうしたンだ」

男の子1「あいつチンタンち停電さしたンだ」

男の子2「またかよオ」

校庭

急ぎ足に横切る別の男の子たち。

男の子3「三日前だろ、ミサンちのヒューズとばしたの」

男の子4「同じ日に高木ンちの冷蔵庫こわした」

男の子3「ペンチだら何でも分解するンだから」

男の子4「シンジュクさん怒らしたらマジに恐いぜ」

男の子3「あの人、昔東京の新宿で不良したことあるンだろ」

走ってくる女の子。

女の子「ペンチ知らない?」

男の子3「どうしたンだよ」

女の子「シンジュクさんが探してる!」

どこかで柱時計の音が鳴る。

学校(麓郷中学)

間の抜けたような時計の音が、いくつもいくつも続けて鳴る。

教室

床。

時計を分解した純。

鳴りだして止まらなくなった時計を、あわててあちこちいじっている。

時計やっと止まる。

純、息をつく。

間《ま》。

分解した時計を復元しようとして——その手を中断。

ドキッと顔あげる。

扉に寄りかかっている電機屋の宮田寛次（通称シンジュク）。

宮田。

語り「アタア——」

間。

宮田「今度ァ時計の分解か」

純「イエアノ、今もとにもどすところです」

間。

宮田「ゆうべは夜中に呼び出された」

純「——」

宮田「三日ほど前は一日に二度だ」

純「——」

宮田「停電さすのも結構だけど、オラァ町から二十キロ、そのたびに呼び出されてとんでくるンだ」

純「——」

間。

宮田「昨夜ァいったい何しようとした」

純「——」

宮田「怒らねえからいってみろ」

純「——」

間。

宮田「いえッ!!!」

純「ハ、ハイ、アノ、扇風機とアイロンくっつけてドライヤー作ろうってやっていて——」

間。

宮田「科学するのァいいことだ」

純「——」

宮田「おめえが何でも機械見つけると分解したくなる気持はよくわかる。昔ァおれも結構やった」

純「——」

宮田「だけど物にァ限度ってもンがあるぞ」

純「——」

宮田「夜中に呼び出されるオラの身にもなってみろ」

純「——」

間。

宮田「ペンチ」

純「ハイ」

宮田「お前ンちにまだ電気のねえことはオラ知ってる。大変だなって同情はする。けど、だからって電機屋の車のヘッドライトまで分解するこたァねえべ」

純「イヤ、ボ、ボク知りません」

宮田「ウソをつけ！」

純「ホントです！」

宮田「オラの車のヘッドライト、五日前」

純「ちがいます！　ボクじゃない！」

宮田「ウソつけ!!」

純「本当です」

宮田「このヤロウ」

純「イヤ本当にそれは」

　激しくもめる声、急に遠くなり、

五郎の声「先生、オラにはよくわからんのです」

麓郷木材・工場

　夕陽の中に立っている五郎と受持の先生。

五郎「あいつだら、本当に近頃ァオラが、話しようとしてもスッと避けるし」

先生「――」

五郎「進学のことだって何度もいっとるです。都会とちがって高校へ行くときが将来まで決める大事なときだぞって」

先生「――」

五郎「したっけあいつは何も答えんです」

先生「――」

　間。

五郎「先生、どうも情けない話だが、オラにはあいつが最近どうも、わからんようになってきとるンです」

先生「――」

　音楽――テーマ曲、イン。

　タイトル流れて。

1

道

急ぎ足で歩く、純と広介《ひろすけ》。

純「チンタが!?」
広介「ああもうのぼせちまっててよ」
純「どこの女の子」
広介「いわねえンだ。したっけめんこいめんこいって」
純「下級生か」
広介「いやそれがうちの学校の娘《こ》じゃないらしい」
純「よその学校の子か」
広介「チンタのやつ興奮して眠れねえンだって」

空地（人参工場裏）

チンタをこづく広介と純。

広介「いえばいいべさ」
純「いえよコノ水臭えな」
チンタ「だから見せるって」
広介「いつよ」
チンタ「今度の土曜」
純「どこで」
チンタ「町行って」
広介「町？」
純「そいつ町の娘？」
チンタ「だから見せるから」
広介「どこまでいったのよ」
チンタ「いやどこまでって」
広介「ガバッとやったか」
チンタ「やらねえよ」
広介「どうして！　やりゃあいいべさ！　好きならこうやってガバッと抱きついて」
チンタ「やめろよ！　ちょっとやめろよ！」

広介と純、チンタに抱きついてキスしようとする。
チンタ、悲鳴をあげて暴れる。
その広介の頭、いきなりポカリとたたかれる。

広介「イテッ」

弁当箱の包みをつき出して立っている女（アイコ）。

アイコ「あんたこれ家に持って帰っといて」
広介「イテエナア、わかったよ」
アイコ「姉ちゃん今日帰り、町で飲んでくから（去っている)」
広介「飲みすぎんなよ」
　見送っているチンタと純。
純「だれだアレ」
広介「姉貴姉貴、先月札幌から帰ってきて人参工場で働いてンだ。(またもチンタに) ねえチンタさん教えてよオ」
チンタ「やめろってば」
アイコ「(遠くから) ちょっとあんた」
　純たちふりむく。
アイコ「あんたよ」
純「ぼくですか」
アイコ「あんたがペンチって子?」
広介「そうだよ」
アイコ「あんた北村の草ちゃんと、いとこか何かになるンだって?」
純「ア、ハイ、いとこじゃないですけど親せきに」
アイコ「草ちゃんに逢ったらいっといて、つららがよろしくっていってたって」
純「つららって吉本のつららさんですか」
アイコ「そうよ。いっといて」
純「逢ったンですか?」
　純、工場に消えてゆくアイコを見送る。
　ふと脇を見る。
　広介、チンタを強姦しようとしている。チンタ必死に抵抗する。面白がって加わる純。
語り「ぼくがその機械を初めて見たのは、ちょうどその日の帰り道だった」

農家の裏手

語り「そこは大里さんていう近所の大きな農家の裏手で」
　純が来て立ち止まる。
語り「その家はふだんあまり通らない、中の沢ぞいの脇道にあり」
　奇妙な物体が捨てられている。
　車輪のまわりに大きな鍋を四個、風力計のように取りつけた物体。
　純。
　近寄る。
　間。
語り「何だこりゃ」
語り「鍋か?」

純。
――。
いじってみる。
間。
尻のポケットから、ペンチとドライバーのセットを取り出す。
物体からつながった機械ボックスを、ドライバーを使って開けてみようとする。
急にドキンと立って離れる。
見ている少女。
――美しい（れい）。
純。

れい「わかる？　それ」
純「――」
れい「風車よ。風力発電の」
純「――」
れい「ずっと前父さんが作ったの。三年くらい前から使ってないけど」
純「――」
れい「持ってってもいいわよ」
純「――」
れい「おたく風力発電まだやってるンでしょ」
純「――」
純。身をひるがえしバッと走る。
音楽――流れこみ、

農道

純、猛然と家へ走る。
音楽――砕ける。

トランジスタラジオ

かすかに流れている尾崎豊。

ランプ

蛾がバタバタと舞っている。

純「知ってるお前」
螢「何を？」

家（夜）

純と螢。
螢は食器を洗っている。

純「大里さんちに女の子いるの」

螢「れいちゃんでしょ」
純「知ってたの」
螢「知ってたよ」
間。
純「きれいな娘《こ》だよなア！」
螢「そうかなア」
間。
純「アお前やいてる！　しっとしてる！　ククッ」
螢「ちがうもン」
間。
純「あいついくつだ」
螢「お兄ちゃんと一緒」
純「一緒!?　じゃどうして学校一緒じゃねえのよ！」
螢「富良野の中学通ってるのよ。越境入学。あすこの家少し変ってるから」
間。
純「親しいのお前」
螢「口はきくわよ」
純「いつから」
螢「前から」
間。

純「アやっぱりお前ヤキモチやいてる！」
螢「どうして」
純「おれにそのこといわなかったもン」
螢「いわないと、どうしてヤキモチになるの!?」
純「そりゃお前。やっぱし——変よ？　そうだべ？」
螢「変なお兄ちゃん」
純。
——尾崎豊に合わせて低くうたう。
純「(やめて) アレヨ。アノ——。イヤ」
螢「——」
純、またうたう。
またやめて、
純「アレオレ。あいつよ。アレオレ、——いいや」
また唄。
しばらく。
急にまたやめて、
純「あいつンとこに風力発電のよ、こんな、鍋で作った風車あるンだ。アレオレ絶対——アレ使えばオレ、マジに——」
螢「——」
純、またうたう。

すぐやめて、
純「自転車のよ、発電機あるだろ？　作業小屋にホラ、オレの拾ってきた。こぐと電気つく。な」
螢「――」
純「あれよ、こいでなきゃ電気つかないけど、こぐ代わりに何かがまわしてくれりゃア電気起こるンだよ。起こせるンだよ。な？　だからその、まわすのにどうすりゃいいかって」
螢「――」
　純。
　間。
純「そうかア――！」
　間。
純「つまり――」
螢「――」
　間。
　純、急に外へ。

表・作業小屋

　純入り、ローソクに灯をつける。

　純の解体の工場になっている。

　純、ポンコツの自転車にまたがり、考えながらペダルをこぐ。

　電気がつく。

　純。

　ペダル踏む速度が鈍くなる。

　電気暗くなり、消えてゆく。

語《り》「ドキドキしていた。そうだ！　父さんの風力発電は、つまりそういう仕掛けなンだ！」

風力発電

　止まっているプロペラ。
語《り》「こっちに移ってから調子悪くて、こわれたままになっているけど、つまり、早くいやそういう仕掛けなンだ」

作業小屋

　純。

語《り》「よし！　父さんがもうあきらめた風力発電を、こっそり直してやる！　直して父さんの誕生日に、バッとプレゼントしてびっくりさせてやる！　いや、直すンじゃない。新しく作るンだ。父さんの使ってたプロペラじゃなくて、鍋で作ったあの風車もらってきて！」

純。

音楽——低く軽快に入る。B・G（次のシーンのバックに流れる）。

語り「あの娘は持ってってもいいわよっていった。ボクがあの風車で、自分の力で、風力発電作るっていったら、あいつびっくりして目えまるくしちゃって——」

純。

語り「〝あなたがやるの!?〟
〝まアな〟
〝自分で!?〟
〝そうすよ〟
〝できるの？〟
〝できますよ〟
〝本当にイ!?〟
〝ペンチっていわれてるンですよ〟
〝ウソオ、本当にイ!?　尊敬しちゃうウ!!〟」

純、突如ウロウロと歩きまわり、ガッツポーズでウン、ウンとうなずく。

急に止まって。

語り「トキメクゼ」

音楽——砕ける。

バス

富良野の町へ下りて行く。

語り「次の土曜日、広介とボクは、チンタの彼女を見に町へ下りたわけで」

町

やや緊張して、急ぎ歩く三人。

櫛なンか出して、髪を整える広介。

語り「彼女は、毎土曜ダンススクールにジャズダンスのレッスンに行ってるって話で」

しのびこむジャズ。

ダンススクール

レッスンをしている、レオタード姿の若い女たち。

窓

そっとのぞきこむ三人。
　広介、目をまるくして、
広介「ウワアすげえじゃん。水着じゃん」
チンタ「バカアレ、レオタードっていうンだよ」
広介「ウワア、モロじゃん。モロ見えじゃん。そんでどの
　子」
チンタ「あの娘よ。二列目の右から二人目」
純「どれどれ、1、2、ア！」

レッスン場

　一人の少女をとらえるカメラ。
　何とそれは大里のれいである。

窓

　ぼう然たる純の顔。

レッスン場

　踊っているれい。
広介の声「何だあれ！　大里さんちのれいじゃねえか！」
チンタの声「知ってた？」

窓

　純。
広介の声「あたりめえじゃねえか知ってるよ。小学校ンと
　き、オラあいつのスカートめくったことあるもン」
チンタの声「――」
広介の声「お前あんなのがいいのかよオ！」
語《り》「ドキドキしていた」

道

　歩く三人。
広介「最悪だぞお前、あのおやじったら。ヘナマズルクて
　どうしようもねえから」
チンタ「娘はちがうべ」
広介「頭悪いなお前考えてもみれ。メンデルの法則って習
　ったべ、遺伝。ヘナマズルイの遺伝してるきっと」
チンタ「――」
広介「だいいちあんな娘にチョッカイ出したら、あのおや
　じがどんなイチャモンつけてくるか」
語《り》「ドキドキしていた」

イメージ

踊るれい。
語《り》「同じ娘《こ》だった!」

道

歩く純。
しゃべりつつ歩く広介とチンタ。
語《り》「チンタと相手がかち合っちゃった!」

北村牧場

牧草積みをしていた草太、ふりむく。
草太「おういいとこ来た、ちょっと手伝え!」
純「いや今あんまり時間ないから」
草太「お前手伝えっちゅうといつも逃げるな」
純「イヤそうでなく受験の勉強もあるし」
草太「なぁにいってンだバカ。そこらじゅう分解して歩いてるくせに。シンジュク頭にきてボヤイとったゾ」
純「アノ、父さんがバターもらってこいって」
草太「バターだら積んである? 勝手に持ってけ。(作業) まったく牛乳に金払わねえで、現物支給ってバターー置いてくンだから」
家のほうへ行きかけた純、足を止める。
純「ねえ、シンジュクさんて電気にくわしいかな」
草太「ハッタオされるぞお前。電機屋だべあいつ」
純「イヤアノ、——風力発電のこと」
草太「きいてみろ、直接」
純「直接行っても平気かな」
草太「二、三発殴られる覚悟して行け。ハハ冗談冗談。あいつァ意外と親切なやつよ。今夜電話しといてやら。行ってこい」
純「アリガト。ア、それと」
草太「何」
純「——イヤ」
語《り》「親友と彼女がかち合ったときに、どうすればいいか聞こうと思ったけど——やめた。何となく答えがわかってるような気がしたからで」
草太「オイ」
純「ア?」
草太「いいかけてやめるってのはよくねえぞコノヤロ」
純「イヤ」
草太「おめえオラに話せねえことあるのか」
純「そうじゃないけど」
草太「じゃあいいえ」

純「だけど」
草太「はっきりいえコノ、男らしくッ！」
純「だから――まアつまり、たとえば彼女ができたと仮定
　して」
草太「（とんでもなく嬉し気に）できたかついに！」
純「イヤ仮定として」
草太「どこのやつだ」
純「イヤちょっと待ってよ」
草太「見てやる。どこの娘《こ》だ。そいつ姉ちゃんいるか」
純「だからちがうって、たとえば、仮定としてだよ」
草太「このヤロウ、オラが取ると思ってンな。だいじょう
　ぶ、手え出さね。いくつだ。美人か」
純「いいよもう、わかったよ。だからオレ兄ちゃん――
　ア！　そうだ」
草太「ごまかすなコノ。どこまでいった」
純「ちがうよ。ねえつららさんがよろしくっていってたっ
　て」
　草太。
　――凍りつく。
純「そういう伝言。――伝えたよ」
　家へ入ろうとする。
　草太とびかかるようにその純をつかまえる。
草太「だれがいった」
純「いたいよ。広介の姉ちゃんだよ」
草太「どこにいるそいつ」
純「働いてるよ、人参工場で。痛いよ、お兄ちゃん、放し
　てよ」
草太「――（手を放す）」
音楽――キーンとつき刺すように入る。B・G。

牧舎

　正子、草太を探してくる。
正子「草ちゃん！――草ちゃん！――どこいるのよ！」
　放り出してあるネコ（一輪車）。
正子「しょうがないこんなとこ放っぽらかして。草ちゃ
　――。びっくりしたア！」
　ぼんやり牛の陰に立っている草太。
正子「組合の沢さんから電話かかって」
草太「おっかあ」
　正子。
正子「どうしたの」
草太「ちょっと麓郷まで行ってくる」

草太、表へ。
正子「どうしたの」

牧場・表

オートバイで飛び出す草太。

山裾

オートバイ走る。

麓郷

草太のオートバイが来て、交差点を曲る。

人参工場

入口に来て、男に何かきく草太。
男きき返し、奥を指す。
草太見る。
その視線。
ベルトの前で選別作業をやっているアイコ。

山

夕陽が赤く染めている。

音楽——ゆっくり消えていって。

人参工場・表

作業終って出てくる人々。
それぞれ帰途に。
アイコ、仲間に手をふり、歩きだす。
その足が止まる。
立っている草太。
アイコ。
草太「しばらくだな」
アイコ「——コンチワ」
草太「見ちがえたぜ」
アイコ「いい女で？」
間。
草太「ちょっと時間あるか」

夕陽

草原（丘）

バイクと二人。
草太「いつ帰って来たンだ」

アイコ「二ヵ月前」
　間。
草太「人参工場にずっといたのか」
アイコ「ほかにやる仕事ないもンね」
　間。
草太「ずっと東京にいたンだべ」
アイコ「東京。――大阪。――博多。――札幌」
　間。
草太「何やってたンだ」
アイコ「いろいろ。良いこと（笑う）」
　間。
草太「都会は良かったか」
アイコ「愉しかった。でももう卒業したけどね（笑う）」
　間。
草太「富良野出てったの何年前だ」
アイコ「中学出てすぐだから――七年前かな」
草太「本当に変ったわ」
アイコ「草ちゃんも変ったわ」
草太「オラは変ンねえよ」
アイコ「変ったよ。結構渋くなった」
草太「いってくれるぜ」
　間。
アイコ「草ちゃん」
草太「ア？」
アイコ「早くききたいこときいちゃえば」
草太「――」
　間。
アイコ「元気よ。つらら」
　間。
草太「逢ったンだってな」
アイコ「ちょこちょこ逢ってた」
　間。
草太「札幌でかい」
アイコ「場所は教えない」
草太「――」
アイコ「そういうことはきかなくていいンじゃない？」
草太「うン」
アイコ「でも元気だから安心して」
草太「――」
アイコ「結婚したのよ」
　草太。
草太「結婚？」

アイコ「もうじき赤ちゃんが生まれるわ」
草太「本当にか」
アイコ「本当よ」
　草太。
草太「相手は――」
アイコ「職業？」
草太「いや。――いいやつか？」
アイコ「（笑う）いいやつ。良すぎるやつ。――神様みたいなやつ」
　草太。
草太「そうか」
アイコ「――」
草太「よかったア」
アイコ「――」
草太「そりゃア、よかったア――！」
アイコ「――」
　音楽――静かな旋律で入る。B・G。
アイコ「だから、私が富良野に帰るっていったら、それじゃ草ちゃんによろしくいってって」
草太「――」
アイコ「倖せにやってるから、心配しないでって」
草太「――」
アイコ「安心した？」
　アイコ笑って草太を見る。
　ドキンとする。
　草太の目に涙がゆれている。
　アイコ。
　――びっくりしたようにそれを見ている。
　草太。
　――突然その視線に気づいて、
草太「ア、イヤ、アレだ。――お前酒好きか」
アイコ「大好き」
草太「飲むか、これから。オラと町出て」
アイコ「行く」
草太「よしッ。今夜はバーッとおごるぞ！」
　立つ。
　フト不安になり、
草太「オイ」
アイコ「ン？」
草太「お前今彼氏、だれかいるか」
アイコ「（明るく）いない。空家」
草太「よしッ。ウンよしッ。オラも空家だ」

語り「そんなことはぜんぜん知らなかった」

陽電

語り「その翌日ぼくは一人で町へ出て、シンジュクさんを訪ねてたわけで」
音楽――終る。

図面

純の考えた第一案。

陽電事務所

机の上に図面をひろげ、指で追いながら検討している宮田。
不安気にその手もとをのぞいている純。
間。
宮田「お前これ一人で考えたのか」
純「ハイ」
宮田「ウン」
純「――」
宮田「なかなかなもンだ。だてに分解ばかりしてるわけじゃねえな」

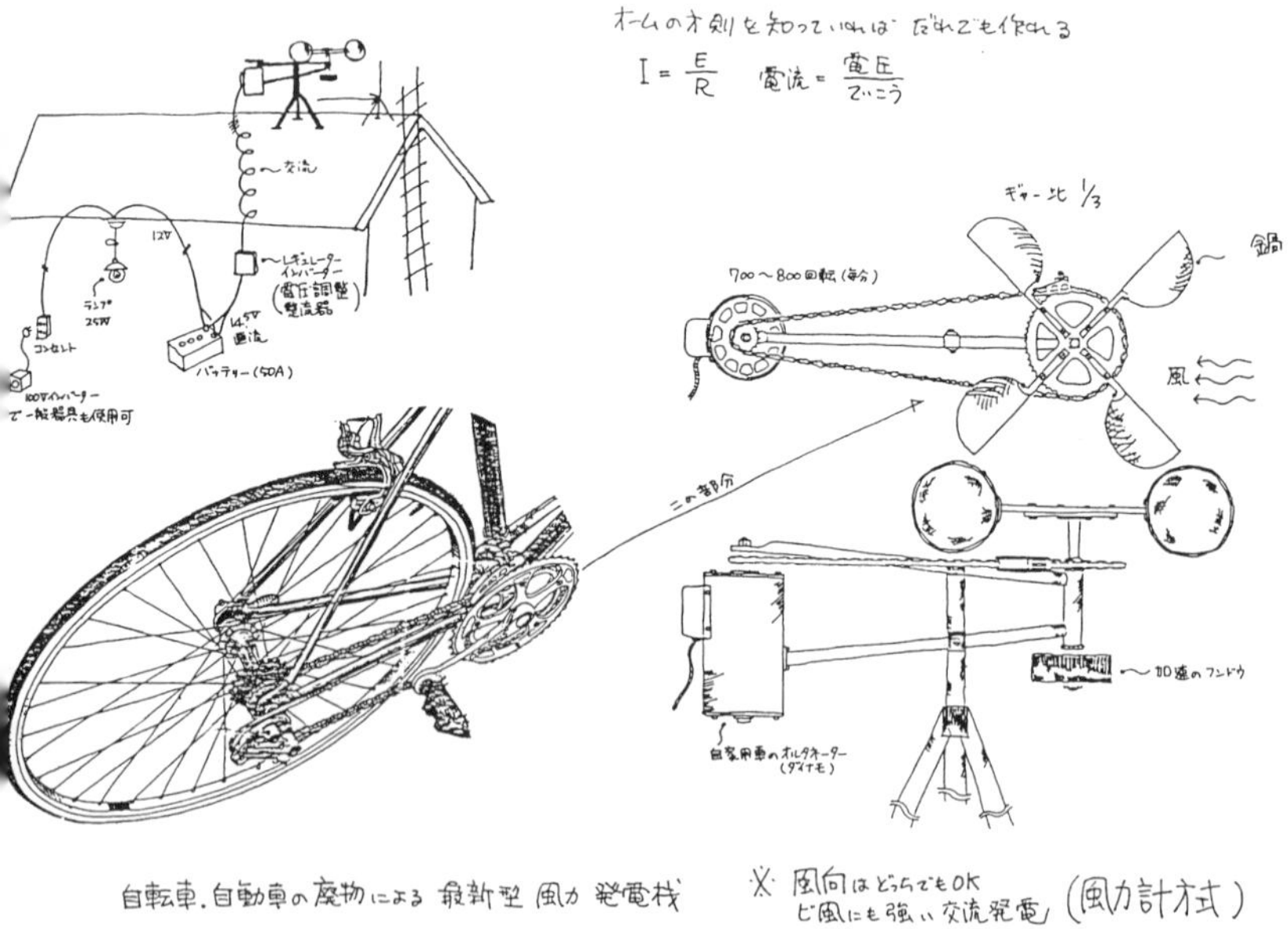

純「イヤア」
宮田「(図面追いつつ) ダイナモを――」
純「何とかこれでできますか」
宮田「基本的にはだいじょうぶだと思うぜ。ただな、――ここでレギュレーターで調整したものを――」
純「――」
宮田「(書きこむ) ここに一発インバーター使え」
純「インバーター」
宮田「それで交流から直流にかえるンだ」
純「あ、そうか」
宮田「それをバッテリーにもってきて」
純「アノ、インバーターっていくらくらいしますか」
宮田「自動車についてるからそれ使え。レギュレーターもバッテリーもどうせ自動車の使うンだろ?」
純「ア、ハイ、アノ、それをこれから探して」
宮田「オラも心当りきいてやる。それと――こうきて」
音楽――心臓の鼓動音に似たリズム、低くしのびこむ。
純「それとこの、風車の羽のことですけど」
宮田「これがお前いいよ。今お前ンとこにあるプロペラ式より、こういう風力計方式だったら、ちょっとの風でも受けてくれる。おまけに風向きどっちでもいいしな」
純「ハイ」
宮田「ちょっと待て、図面、こういうふうにしてみろ」
紙を取って描きだす。
宮田「――まずこの鍋の風車の軸から、自転車のギア使って回転を上げて――」
音楽――ぐんぐん盛りあがって、真剣な表情で見ている純。

バス

八幡丘の坂を上がってくる。

同・車内

ゆられている純。

バス

八幡丘の丘の上を走る。

同・車内

ぼんやり窓外を見ている純。
音楽――突然切れる。

ドキッと窓外を見た純。

道端（車窓から）

自転車の脇にかがんでいるれい。

バスの中

純。

——突如ふりむいて叫ぶ。

純「次下ります！」

社内の客たちいっせいに純を見る。

純、恥じる。

バス停

純、とび下りる。

バス去る。

純うろうろし、道端の畑にいきなりとびこむ。

畑

作物の中、身を伏せて走る純。

別の作物

その中にかくれて、獣のように走る純。

道

チェーンの外れてまきついた自転車を、一生懸命直しているれい。

そのずっと下のブッシュの中から、切り傷だらけで現われる純。

さり気ない様子でれいのほうへ歩く。

気づかず苦闘しているれいの姿近づく。

純、その脇をさり気なく通過する。

しばらく歩いて、——止まる。

ふりむいて、

純「（窒息しそうな声で）チェーン外れたのか」

れい——見る。

純。

純「直してやるか」

ペンチをとり出してかがみこむ。

れい「アリガト」

純、手馴れた分解作業に入る。

語り「ヤッタゼ！」

音楽——衝撃音。二、三発。

2

道

純、自転車を直し終る。

純「ＯＫ」

れい「ありがと」

純、道具をしまい、スタスタ歩きだす。

れい、自転車に乗って純を追い越す。

れい「どうもありがと」

純「――」

れい、ぐんぐんこいで行ってしまう。

語《り》「（情けない声で）行ッチャウノオ？」

遠ざかるれい。

語《り》「ソリャナイゼエ」

カーブ

純、ふてくされてやってくる。

そのスピードが、瞬間遅くなる。

待っているれい。

語《り》「アタア。待ッテタ！」

純、れいに近づく。

れい「純君でしょう？　黒板さんちの」

語《り》「知ッテタゼ！」

れい「ペンチって仇名のわけやっとわかったわ」

純「――」

れい「一緒に帰ろ」

並んで行く二人。

語《り》「ドキドキしていた。

もしもチンタにこんなとこ見られたら、何て説明したらよいのかわからず」

純「――」

れい「本当はすぐそばに住んでるのにね」

純「――」

れい「私が富良野の学校行ってるから」

純「――」

れい「純君もともと東京にいたンでしょ」

純「――ああ」

れい「東京の、どこ？」

純「四谷の近く」

れい「四谷――」

純「――」

れい「東京にいた子ってやっぱりちがうもンね」
純「――」
　間。
れい「中津さんちのチンタ、同級？」
純「親友」
れい「変な子」
純（見る）
れい「いつも私の後、つけてくるの」
純「――」
れい「何か用ってきくと逃げちゃって」
純「――」
れい「感じ悪いったらありゃしない」
純「――」
語《り》「ヤバイ」
　歩く二人。
れい「純くんて無口ね」
純「――」
れい「高倉健みたい」
語《り》「ヤッタゼ！」
れい「顔はぜんぜん似てないけど」
純「――ウン」

前富良野岳に
　雲がまいている。

道
　サーッと雨が走ってくる。
　歩く二人。
れい「雨だ」
純「行っていいぜ先に」
れい「純君どうするの」
純「オレは平気だから」
れい「カッコつけて」
純（口とがらせる）
　雨足急に強くなる。
れい「うわア！　だめ、これ。雨やどりしよ！　も少し行くとうちの納屋あるの！」

納屋
　畑の中にポツンとある。
　激しい雨の中を納屋へ走る二人。
　牧柵の所に放置された自転車。

どこかで稲妻が光り、雷が鳴る。

同・中

ビショぬれでとびこむ二人。
追いかけるような稲光。
戸を閉める。
れい「うわアびしょぬれ。純君ぬいで。私もこっちでぬぐ」
純「ア、イヤ」
れい「ストーブあるンだ。ちょっと待って！」
純、オズオズと内部を見ている。
れい、手持ちのストーブを運び出し、火をつける。
れい「何やってンの！　早くぬいで！」
純「イヤ」
れい「すぐぬがないとダメ！　風邪ひいちゃうから！」
れい、パッパッとトレーナーをぬぐ。
純、あわてて目をそらし自分もぬぐ。
火のそばへ行き、手をかざす。
間。
れい「白いのね」
純。
ドキンとする。
ブラジャー一つになってしまったれい。スカートを下半身にまきつけている。
れい「坐って」
純「——」
火のそばへ坐る二人。
れい「そうだ」
れい、袋から豆を出す。
さし出す。
れい「食べない？」
純「うン」
れい「食べて」
純「アリガト」
雷鳴。
間。
れい「だいじょうぶかな」
純「すぐやむよ」
れい「そうじゃないの畑。うち今年小豆《あずき》に賭けてるから」
純「——」
ポリッ。
ポリッ。

豆をかむ二人。
純、れいの袋からのぞいているウォークマンを見つめている。
純「ウォークマン？」
れい「ああ。そう」
純「――」
れい「純君、音楽きく？」
純「好きだよ」
れい「だれが？」
純「尾崎豊」
れい「本当!?　私も狂ってンの！　ユタカの何好き？」
純「15の夜とか」
れい「最高！」
純「セブンティーンズマップとか」
れい「シェリー」
純「ああ」
れい「それに卒業」
純「オレも好き」
音楽――静かな旋律で入る。
れい「どのくらい持ってる？」
純「何を」
れい「カセット」
純「いやカセットは――。機械がないから」
れい「持ってないのウォークマン」
純「持ってない」
れい「私のあげる。もひとつ古いのうちにあるから」
純「いい、いい！」
れい「使ってないのよ本当に今。うちにいるときはＣＤだし」
純「いやいい本当に」
れい「持ってくる今度」
純「いや、もう本当に、そんなアレ。――本当？」
れい「今度」
間。
ポリッ。ポリッ。
雷鳴。
純「チンタも豊大好きなンだ」
れい「――」
純「あいつそんなに悪いやつじゃないぜ」
間。
れい「純君、今年中三でしょ」
純「そう」

れい「私も」
純「知ってる」
　間。
れい「高校どうするの？」
純「富良野高に一応、行くつもりだけど」
れい「富良野高？」
純「一応」
れい「東京へ出るンだと思ってた私」
純「東京？」
れい「だって東京に親せきいるンでしょ」
純「そりゃあいるけど——東京は無理だよ」
れい「どうして？」
純「——」
れい「東京行きたくないの？」
純「そりゃア行きたいけど」
れい「こっちにいたら遅れるばかりじゃない」
純「——」
　ポリッ。
　ポリッ。
れい「私は行くわ」
　純。

純「東京に？」
れい「うン」
純「——本当」
　ポリッ。
　ポリッ。
　雷鳴、少し遠くなって。
純「れいちゃん」
れい「なアに？」
語《り》「はじめて、名前で——呼んでしまった！」
れい「なあに？」
　間。
純「れいちゃんの家は金があるもン」
れい「いやね。ちがうわ。働くの東京で。東京で働いて。本格的にダンスやって。それで、できたら定時制通って——」
　れい、目を輝かし純を見る。
れい「定時制に行きゃあいいじゃない！」
純「定時制？」
れい「そうよ！　昼間は働いて！　親せきがあるなら絶対できるわ！」
　純。

音楽――いつか消えている。

れい「東京に今定時制って百くらいあるのよ。私調べたの。全日制と一緒でね、二月の末に入試あるンだけど、地方から上京する人の場合は四月の初旬にも二次募集があるンだって。だからそっちを受けたっていいンだし」

語《り》「ドキドキしていた。

考えてもいなかった。

東京に出て行く。

定時制の夜間高校に入る。

昼間働いて夜勉強する。

しかも――れいちゃんも東京へ出る！」

れい「ただね」

純「――」

間。

れい「父さんの問題があるのね」

純。

純「問題って？」

れい「ダメだっていうのよ」

純「じゃあダメじゃない」

れい「だけど母さんは、本当に行きたいなら行くべきだっていうし」

純。

れい「だから――」

純「――」

れい「行くとしたら最後は父さんに黙って――父さん捨てて出てっちゃうか」

純の顔。

うつむいているれい。

純の顔。

イメージ（フラッシュ）

五郎。

純の顔

イメージ（フラッシュ）

五郎。

納屋

純。

――フッとれいを見てドキンとする。

れいの目に涙が光っている。

純。

目をそらし豆を食う。

ポリッ。

ポリッ。

れい、ソッと涙をふく。

純「(ポツリ)れいちゃん、君ンちの投げてあった風車さ」
れい「?」
純「あれ、もし要らないンならもらえないかな」
れい「だいじょうぶだと思うわよ。どうするの」
純「風力発電、考えてるンだ」
れい「おじさんが?」
純「いや、オレがさ。今日もそのことで町行ったンだ。オレ、あれあればできる自信あるンだ。風力発電自分でやって、父さんの誕生日にプレゼントしたいンだ」
間。
れい「信じられない!」
純「――」
れい「純君――」
純「――」
れい「尊敬しちゃう!」

音楽――静かに流れこむ。B・G。

夕陽

雨あがりの山を染めている。

その中を歩いて行く二人の姿。

家の前

急ぐ純。ついにかけ出す。

家

螢、台所で働いている。

純「(とびこんで)ウワッ。元気!? 風呂わかすわオレ。ア、薪あったっけ。ア、割っとく割っとく。螢お前最近きれいになったンじゃない? (うたいつつ外へ)〽自由になりたくないかい! 自由っていったいなんだい! (尾崎豊)」

ポカンとしている螢。

ランプ

ドスドスと足音がきこえる。

居間

一人遅い夕食をしている五郎。
二階から純の荒々しい足音。
五郎「何やってンだあいつ」
螢「変なの。夕方から」
五郎「——（上へ）純！——純！」
純の声「ア、ハイッ」
五郎「ドスドス歩きまわるのやめろ！」
純の声「ハイッ。申訳けありませんッ。反省しますッ！」
五郎と螢、顔を見合わせる。

月

音楽——消えていって。
虫の音。

二階

螢、上がって行く。
勉強しかけのまま、机につっ伏して眠っている純。
螢「お兄ちゃ——」
その目が、書きさしの手紙にいく。

手紙

語り「雪子おばさん、お元気ですか。
これは父さんに内緒の手紙です。
来年ぼくは中学を出たら、東京に一人で出て昼間働き、
定時制高校に通うつもりです。
そのことでおばさんに——」

二階

螢。
音楽——鋭く刺すように入る。B・G。
螢、そっと身を放し、じっと立つ。
間。
足音をしのばせ、階段を下りる。

階下・居間

螢、下りてくる。
疲れ果て、少し口を開けて眠っている五郎の顔。
螢。
——ソッと外へ。

同・表

月光の下に出てくる螢。

洗濯物をとり入れかけ、やめる。

草むら

キツネがじっと螢を見ている。

表

螢。

間。

そのまま小声で、キツネを呼んでみる。

螢「ルールルルルルルル」

草むら

キツネ。

ゆっくり向きを変えて去る。

表

月光の下に立ちつくす螢。
音楽――急激に盛りあがって砕ける。

道

学校帰りの純。
語《り》「ぼくが大里のおじさんに、いきなり声をかけられたのは、それから二日たった学校の帰りだ」
車止まって、のぞく大里。
大里「お前、黒板の伜だな」
純「ア、ハイ」
大里「オレは大里だ」
純「ハイ。知ってます」
大里「ちょっと乗れ」
純「ア、イヤ、しかし」
大里「乗れ！」
純「ア、ハイ！」

車の中

走りだす。

語《り》「もう心臓が破けそうだった。

大里のおじさんは、ここらじゃうるさくてヘナマズルクて有名なんで。

たぶんれいちゃんが何かいったので、おじさんはぼくに――。（ふるえて）どうするつもりだ！」

大里家・裏

車着いて、大里下りる。

大里「下りろ」

純「ハイ」

純下りる。

例の風車。

大里「これが欲しいって？」

純「ア、ハイ。アノ、イヤ、もしもそちらがおいり、おいり、おいらない、もうおいらない」

大里「風力発電を考えてるって？」

純「ア、ハイ」

大里「どうやってやる気だ」

純「イエアノ、きわめて他愛ない」

大里「いってみろ」

純「ア、ハイ。つまり、風車の回転を自転車のギア使って大きくして自家用車のダイナモで発電をして、レギュレーターとインバーター通して直流にしてアノ、バッテリーに」

大里「――――」

純「スミマセン」

間。

大里「レギュレーターとかインバーターとかバッテリーとかはどうするンだ」

純「ハイアノ古い車のを」

大里「あるのか」

純「いえまだこれから」

間。

大里「ちょっと来い」

純「ハ」

大里の歩く後をあわてて追う純。

ガレージ（木造）

大里、中へ入る。

ポンコツ車。

大里「この車をやる。ぶっこわしていい」

純「ハ？」

大里「ダイナモから何からみんな使える。捨てる車だ。お前にやる」

純「ア、イヤしかし」

大里「おやじにはいわん。がんばってぶちこわせ」

行ってしまう。

純――ぼう然。

物もいえずに大里を見送って。
音楽——ダイナミックにたたきつけて入る。B・G。

大里家・ガレージ

自動車からパーツを取り出す純。
その作業のモンタージュに、
語《り》「雪子おばさん、お元気ですか。
これは父さんに内緒の手紙です。
来年ぼくは中学を出たら、東京に一人で出て昼間働き、
定時制高校に通うつもりです。
そのことでおばさんにお願いがあります。
ぼくをおばさんちに置いてくれませんか。
もしもそれさえ許されるなら」
雨の音、遠くから押寄せる。

雨

畑の作物をたたきつける。

雨

土をどんどんえぐり取る。

道

畑から土砂が流れ出していく。

麓郷木材・事務所

ずぶぬれでとびこむクマ。
クマ「東麓郷のほうひどいですよ。
道路に畑の土がどんどん流れてます」

道

畑から土砂が流れ、通行不能になっている。
チンタの一家必死で働く。
中津「チンタ！　そっちに水道《みずみち》切れ水道！」
チンタ、ずぶぬれで泥と格闘。
車を止めてスコップを取り出す五郎、和夫、クマ。
手伝おうと走りかける。
ぬれて見ていた大里つぶやく。
大里「化学肥料に頼っとるから、土がもたンようになっちまっとるンだ」
ギラッと見る三人。
大里「あんなにいったのに、馬鹿な野郎だ！」
三人、泥の中へかけだして手伝う。

その一同にたたきつける雨。
音楽——雨音の中にしのびこんで、B・G。

家（夜）

純「父さん」
鉈《なた》をといでいる五郎。
純「チンタの所、危いの？」
五郎「——危いとは」
純「農家やめるかもしれないって、そういう噂だれかがしてたよ」
間。
五郎「農家には連帯保証制ってもンがあるんだ。一軒が駄目なときはまわりが助ける」
間。
純「だけど畑の土、また流れたンでしょ」
五郎「——」
純「今年の春もそうだったもン」
五郎「——」
純「あれは堆肥とかそういうのやらないで、化学肥料だけに頼ってるから、土がどんどん駄目になっちゃうンだってね」
五郎「——」
純「それに、考えて輪作しないから」
五郎「——」
純「うちはだいじょうぶ？」
五郎「——」
純「化学肥料のこと」
五郎「だれがいったンだ」
純「——」
五郎「だれにそんな話吹きこまれたンだ」
純「だれって——」
間。
五郎「純お前、最近大里ンちに年じゅう出入りしてるそうだな」
洗い物しつつチラと見る螢。
五郎「大里の娘の尻追いかけてるって、あっちこっちでみんな笑ってるぞ」
純。
五郎「いいのかそんなにのんびりしてて」
純。
五郎「受験勉強、ちゃんとやってるのか」
純。

――ふいにカアッと頭に血がのぼる。

純「関係ないだろッ。そんなンじゃねえやッ」

五郎「――（黙々と鉈をとぐ）」

純「いやらしいよすぐに！　大人はみんな、そういうふうにッ!!」

螢「お兄ちゃん」

音楽――いつか消えている。

何もいわずに鉈をとぐ五郎。

純。

間。

荒々しく二階へ上がる。

二階

純、机の前にドスンと坐る。

純の顔。

語り「傷ついていた。

父さんにいわれたことにじゃない」

純、ゴロンと仰向けに横になる。

語り「怒鳴っても父さんが怒らないからだ」

音楽――低い旋律で入る。

語り「最近父さんはぼくに遠慮する」

純の顔。

語り「そのことにぼくは傷ついていたンだ」

音楽――ゆっくり盛りあがって終る。

3

夜明け

森にうっすらと霧がまいている。

音楽――静かな旋律で入る。Ｂ・Ｇ。

家・表

足音をしのばせて純が出てくる。

音をたてぬように戸を閉める。

道

純、まだ明けやらぬ村道を急ぐ。

大里家・裏

れいがこっそりと抜け出してくる。

村道

れい、急ぐ。

道（川ぞい）

純、急ぐ。

橋

れい、急ぎつつ遠くへ手をふる。
彼方の道を急いでいる純。

山裾

二人、一緒に山へと急ぐ。

山中

黙々と茸をとっている二人。

渓流

朝がようやくあたりを染めている。
岩に坐ってにぎりめしを食っている二人。
お茶を入れてくれるれい。
袋に、とられたたくさんのしめじ。

音楽――ゆっくり沢の音にとけて。
二人。

純「東京のおばさんから返事来たよ」
れい「（見る）何だって」
純「来ればいつでも住まわしてくれるって」
れい「よかったじゃない」
純「ただ――」
れい「？」
純「父さんにはちゃんといわなくちゃだめだって」
れい（見ている）
純「黙って出るなンて、そういうのはいけないって」
間。
れい「純ちゃん黙って出るつもりなの」
純「いえないもの」
れい「――」
純「いったら父さん、黙って無理して金作ったりいろいろやると思うンだ」
れい「――」
純「最近父さん何でもそうなンだ」
れい「――」
純「オレにたいして変に遠慮して」

れい「――」
純「ときどき何だか情けなくなるよ」
れい「――」
純「オレが怒鳴ったっていい返さないことあるし」
れい「――」
純「れいちゃんのお父さん、そういうことない？」
　間。
れい「うちは逆だわ」
純「――」
れい「父さんいつも、私のいうことなンてきいてくれないわ」
　沢音。
純「（ポツリ）うらやましいな」
れい「どうして？」
純「うらやましいよ」
れい「――なぜかな」
　純。
純「父親はいつまでも父親なのに、――。子どもに遠慮なンかして欲しくないよ」
　沢音。
れい「じゃあ純君は何もいわないで、お父さん捨てて出て行くつもり!?」
　純。
　沢音。
れい「できると思う？　そういうこと本当に」
　純。
　鳥の声。
純「だから毎日考えてるンだ」
れい「――」
純「たまらないけど、本当にそういうこと」
れい「――」
純「だけど、ずうっと先のこと考えたら――」
れい「――」
純「このままじゃアどうしようもないって気がするし」
れい「――」
　沢音。
　鳥の声。
れい「私も毎日考えてるわ」
純「――」
れい「本当に父さん捨てられるのかって」
純「――」
　純――見る。

沢音、鳥の声、消えていく。
れい「うちの父さんてきらわれ者でしょ」
純。
れい「きらわれ者だから、――よけいに私――」
純。
れい。
音のない世界。
間。
突然二人ギクッと顔あげる。
沢音よみがえる。
れい「何？」
純「――」
れい「今の音何？」
純「何かいる」
れい「熊？」
草むらがザワザワッと音たててゆれる。
中腰になる二人。
草むらから這い出してくる広介とチンタ。
チンタ「イヤイヤひでえ！」
広介「やっと沢に出た――アレ？」
チンタ「どうしたの？　エ!?」
純たちに気づいた二人。
純とれい。
チンタ。
広介。
純。
沢音。
チンタ、いきなり沢づたいに走り去る。
広介あわてて追う。
広介「チンタ！　オイ待て！」
純――渋い顔。
語《り》「ヤバイナア」
音楽――静かな旋律で入る。Ｂ・Ｇ。

山道

純とれい、歩く。
純「ヤバイナア」
れい、歩きつつチラと純を見る。

村道

歩く二人。
純「ヤバイゼエ」

れい「（とがめるように）どうして？」
純「――」
れい「いいじゃない」
　音楽――ゆっくり消えていって。

麓郷中学

語《り》「その日学校に行ったらチンタは休んでた」

教室

語《り》「広介もボクのことをずっと無視しており」

校庭

　急ぐ広介と追う純。
純「広介、オイ待てよ！　広介！」
　広介、急にふり返る。
広介「あいつきっと自殺するぞ」
純「エ？」
広介「たぶん自殺するな。そういう顔してた（歩く）」
純「おどかすなよ。何ていってたンだよ（追う）」
広介「何もいってねえよ」
純「――」
広介「いえるわけねえだろ」
純「――」
広介「あんなところでお前、いきなり見せられて――」
純「――」
広介「いつから」
純「いつって」
広介「チンタの惚れたのとどっちが先」
純「さアそれはたぶん少しオレのほうが」
広介「ならなンでいわねえンだ最初にちゃんと」
純「いえねえもン。あいつがあんなに舞いあがってンのに」
　歩く広介。
広介「そりゃそうだ」
純「――」
広介「（止まってふり返る）やったのか」
純「やってねえよ」
広介「うそつけ。見てわかった。オッパイでけえか」
純「やってないってば」
広介「そんなにねえだろ」
純「知らないってオレ本当に」
　広介。

広介「かくすのお前」
純「だって本当に。何もしてないって」
間。
広介「自殺するなあいつ絶対」
純「広介」
広介「（歩きだす）畑は流れて全滅だしよ。彼女は親友にとられちまうし、死ぬなありゃ絶対。絶望して自殺だ」
純「待てよ広介！（追う）」
衝撃音。

大里家・ガレージ

風力発電、かなりできている。
純、風車を台にとりつけている。
扉が開いて、れいの母お茶を持って入る。
母「がんばるね。お茶飲みなさい？」
純「すみませんいつも。かまわないでください」
母「大したもンね。もうじきできるでしょう」
純「イヤア、実際にうまくいくかどうか」
母、去る。
純「どうもすみません！」

純、台に固定した風車をまわしてみる。
電球にうっすらと灯がともる。
風車を強くまわす。
電球の光、強くなる。
チンタの声「（突如）まいったなア！」
ギクリと見る純。
すべりこむチンタ。変に明るく、
チンタ「いやアまいった！　本当にお前やっちゃうンだもンなア!!　イヤアまいった！　本当にまいった！　話ァきいてたけどお前本当に全部これ一人でやっちゃったわけ!?　イヤアおどろいた。本当におどろいた！　これだらお前ぜったい。イヤぶったまげた」
純「チンタ」
チンタ「本当にすげえや。マジにオレ尊敬する。かなわねえもなア。（急に弱々しく）オラもうダメだ」
純「チンタ」
チンタ「成績ァ悪いし面ァまずいし、おまけに畑ァ全滅だし」
純「チンタ、オレ」
チンタ「ペンチ、気にするな、何もいうな。ゆうべおやじがしみじみいってた。世の中にはもともとツイてるやつとツイテネエやつの二種類がいて、うちの家系はついてねえ家系なンだ。さからったってしようがねえ。もともとついてねえ家系なンだから。アハハハ、ま、いいや。しかしおどろいた。イヤアまいった！　本当に電気つくっちゃうンだもなア。北電とバッチリ対決だもなア」

音楽――いくつかの衝撃音たたきつけて。

集落会館

何台かの車止まり、灯がともっている。

同・内

集まっている部落の面々。

中津、大里、和夫、五郎もいる。

重い沈黙。

男１「それで、農協の秋山さんはどういうの」

男２「秋山さんはまア、みんなが連帯で保証するなら、上のほうは何とか話つけようって」

男１「うン」

間。

和夫「秋山さんがそういってくれるンなら、この際みんなでもう一度がんばってさ」

五郎「うン」

和夫「中津さんも来年はがんばってもらってさ」

大里「オラは反対だな」

一同。

沈黙。

大里「連帯保証にはオラ反対だ」

男１「大里さん」

大里「中津よ。あンたもう農家やめなさい？」

和夫「ちょっと待てよ」

大里「七千万もの負債を、あンたらどうやって連帯保証する気よ」

五郎「イヤ大里さん」

大里「五郎さんあんた均等割りでもてるか」

五郎「――――」

大里「保証するちゅうことは、単にハンコをつくちゅうことでないぞ。実際に埋め合わせするちゅうことだぞ」

一同。

大里「七千万実際につくれるのかみんなで」

中津。

五郎。

大里「中津」
中津「――」
大里「いやだべ、そこまでみんなにオンブして」
中津「――」
大里「全部お前の責任なンだぞ」
男2「アノ」
大里「一年や二年ならオラ援助する。去年も一昨年も現に助けたしな。それに純粋な天災ならしかたね。けどお前のは半分人災だ。有機肥料のこと輪作のこと、あんだけ何度も忠告したのに、お前は一度もまじめにきかねえ。それで三年目だ、もういけねえよ」
中津。
大里「中津あきらめれ。これ以上みんなに迷惑かけるな」
男1「ちょっと待ってくれ」
男2「大里さん、中津さんだって今年は去年とは」
音楽――津波のように押寄せて砕ける。低いB・G。

同・表

三々五々出てきて車に乗る一同。
五郎の車に一緒に乗る和夫。

中畑木材・前

五郎の車のライトが来て止まる。

同・車内

五郎と和夫。
和夫「もう考えるな。考えたってはじまらね」
五郎「――」
和夫「大里のいうことにも一理あるンだ」
五郎「――」
和夫「中津はたしかに考えが足りねえ」
五郎「中ちゃんオレァ何もいえねえよ」
和夫「――」
五郎「何もいえねえから――情けねえンだよ」
和夫「――」
五郎「オレァ――自分の無能にたいして――」
五郎。
――煙草に火をつける。
音楽――ゆっくり消えていって。

ランプ

虫がまわりを飛んでいる。

家

五郎、飲んでいる。
声「こんばんは」
螢「ハイ。――アラ」
立っているれい。
れい「純君います？」
螢「はい。（二階へ）お兄ちゃん！」
純「ああ？」
螢「大里さんちの、れいちゃん」
五郎、じろっとれいを見る。
れい「こんばんは」
五郎「――」
ドタドタ二階からかけ下りる純。
れい、雑誌をソッと出し、小声で、
れい「これ、父さんが持ってってあげなさいって。（小さく）風力発電のこと出てるからって」
純「ありがと」
れい「じゃ」
純「送ってくよ」
れい「だいじょうぶ。（五郎たちに）お邪魔しましたア」
行こうとする。
五郎「（突然）大里さんちのお嬢ちゃん！」
れい「ハ？」
純のインサート。
螢のインサート。
五郎「農家はね、昔から助け合いってね」
れい「――」
五郎「その昔あんたのじいちゃんやばあちゃんがうまくいかないで困ってるとき、中ちゃんのおやじやうちのおやじや、みんなで出し合って助けたもンさ」
純。
五郎「助け合うのが農家ってもンだ。自分一人よくなりゃ後は知らねえ。そりゃないだろうっておやじにいっとけ！」
螢「父さん！」
五郎「もうだれもお前を仲間だと思わん。だれももうお前のことなンか助けん」
螢「よして」
純「（叫ぶ）やめろよ！　子どもに関係ないだろッ!!」
れい、ぱっと走り去る。
純「（口の中で）れいちゃん！（追う）」

螢「お兄ちゃん！」
音楽――たたきつけて。

道

月光の中、走るれい。
必死に追う純。
純「れいちゃん！　待ってくれよ！　れいちゃん！　れいちゃん!!」

月に

雲がかかる。
音楽――砕けて。

停車中の車

抱合い、キスしている草太とアイコ。
離れて、草太車を下りる。
草太「じゃあな、バイビッ!!」
アイコ「バイビッ」
車去り、草太牧場へ歩く。

牧場

草太、家のほうへ歩き、フト足を止める。
立っている純。
草太「どうしたンだ」
純。
草太「何だ、こんな時間に。入れ」
純「兄ちゃん――お金貸して欲しいンだ」
草太。
草太「いくら」
純「十万。今すぐじゃなくっていいンだ」
草太「――」
純「来年、中学卒業するまでに」
草太「話きくべ。入れ」
純「――」
草太「入れって」
純「この話、父さんには内緒にして欲しいンだ」
草太。
間。
草太「純」
純「ボク――東京に、一人で出るンだ」
草太。
虫の音。

純「東京に出て働いて——定時制に通うンだ」

　草太。

　虫のすだきが異常にたかまって、プツリと消える。

ランプ

五郎の声「螢」

家

　酔った五郎、階段の上を見あげている。

五郎「ホタルウ——」

　五郎、よろよろと階段を上がる。

二階

　五郎上がってくる。

奥の押入れの所へ行き、焼酎の瓶を物色する。

やっと、少しだけ残ったのを見つける。

それを抱きしめて、下へ下りかける。

その足が止まる。

押入れの中をもう一度見る。

一通の封書をつかみ出す。

差出人——井関雪子と書かれている。

宛名は純。

——焼酎を一口ラッパ飲みして、手紙を何となくいじっている。

中味をとり出す。

読む。

雪子の声「純ちゃん、お手紙ありがとう。びっくりしたけどすごくうれしかった」

雪子

　子どものおしめをかえている。

雪子の声「こっちは変りありません。大介も順調に育っています。最近は少し、あなたに似てきたような気がするの。

　さて」

机

　雪子、手紙を書いている。

雪子の声「あなたの手紙、何度も読みました。東京に出て定時制に入りたいっていう話、しっかりした考えでびっくりしました。

おばさんとしては、基本的に賛成です。なくなったあなたのお母さんも高校は何とか東京へって、生前いつもいってたことですもの。
ただ――。
父さんに黙ってとび出すってのは反対」

二階

五郎の顔。
雪子の声「あなたの気持はわからないじゃないけど、父さんにはまっ先にちゃんと打明け、話し合ってから行動してください」

階段

螢、上がってくる。
雪子の声「人と人とが別れるっていうこと」
螢「父さん」
五郎。あわてて手紙をしまう。
螢「イヤだもう、見つけ出しちゃって」
五郎、手紙を押入れに押しこみ、一升瓶を抱いて下へ下りる。
螢「どうしたの」
五郎（下へ消える）
螢「本当にもう、まるで子どもなンだから」
押入れの乱れを直そうとする。
そのとき、手紙を発見する。
螢。
ギクッと父をふり返る。
螢。
封筒からはみ出した手紙を抜き出す。
――読む。
雪子の声「人と人とが別れるっていうこと。それは本当に大変な出来事よ」

表

五郎、出る。
ゆっくり煙草をくわえる。
雪子の声「おばさんもこれまでのいくつかの別れを、つらい形で経験してきて」
音楽――風のように、遠くから押寄せてくる。

4

葉陰を染めている。
紅葉。

カード
螢、書く。
螢の声「お誕生日おめでとう。いつまでも元気な父さんで
いてください」
螢――考える。
書きそえる。
螢の声「螢は父さんが大好きです」
トントンと釘を打つ音がする。

表
梯子《はしご》を作っている純。
広介とチンタが手伝っている。

バッテリー
三個、一つの箱におさめられる。

太陽

道
シンジュクさんが急ぎ足に来る。
コードをいっぱいかついでいる。

家・表
とび出す純。
宮田「これ使え」
純「すみません」
宮田「四時すぎにみんな来る（去る）」
純「すみません」

家の中
柱にインバーターをとりつける純。

表
コードをスケールで計っている螢。

同・母屋

梯子をたてかけ、固定する。
屋根に上がっている純。
音楽——断続的リズムで入る。B・G。

風車本体

三脚にボルトで固定する純。

道

クマが急ぎ足にやってくる。

バッテリー・ボックス

純と広介がかかえて運ぶ。

室内

配線しているチンタと螢。

表

梯子を固定するクマ、純、広介。

道

草太とシンジュクやってくる。

とんぼ

無数に飛んでいる。

家・全景

風車本体を屋根へ上げる大人たち。
見ている一同。
屋根の上で場所を指定する純。

室内

ソケットに、電球をまわしこむ螢。
チンタ「(とびこみ) 螢ちゃん! 来てみな!」
螢 (とび出す)

屋根

風車を固定する大人たちと純。
風車、微風にからからとまわっている。

表

広介、チンタと螢。
広介「ヤッタゼ!」

山を
　夕陽が赤く染めて。
　音楽――ゆっくり盛りあがり、はじける。

赤提灯（小野田そば）
　演歌。
　飲んでいる五郎と和夫。
和夫「どうしたンだ」
五郎「うン」
和夫「何か、話があるのか」
五郎「ああ。――じつはな、――純のことなンだ」
和夫「――（チラと見る）」
五郎「あいつ来年中学を出たら、一人で東京へ出る気らしい」
和夫「――――」
五郎「自分でそういうふうに、――決めちまってるらしいンだ」
和夫「――――」
五郎「どう思う」
　演歌。
和夫「どうってそりゃあ――――」
五郎「――――」
和夫「話し合ったのか」
五郎「――いや」
和夫「ぜんぜんか」
　間。
五郎「中ちゃんあいつは最近オレとは、ほとんどまともにしゃべろうとしないンだ」
和夫「――――」
五郎「正直オレにはわからないンだ」
和夫「――――」
五郎「あいつが本心何考えてるのか」
　おばあちゃんがつまみを持ってきてくれる。
和夫「ありがと」
五郎「アリガト」
　演歌。
　間。
和夫「その話はきいてたよ」
五郎「――（フッと見る）」
和夫「オレもそりゃ簡単な話じゃないし。純がどう考えてるのかゆっくりきこうかなンて思ってたンだけど」

五郎「――」
和夫「ただ――考えてみりゃあいつももう十五だ」
五郎「――」
和夫「お前が昔」
五郎「中ちゃん」
和夫「あ？」
五郎「きいてたって――その話――だれからきいてたンだ」
間。
和夫「草太だよ」
五郎。
間。
五郎「草太もこの話知ってるのか」
和夫「純が草太に相談したらしいンだ」
五郎「――」
間。
和夫「五郎」
五郎「ああ」
和夫「女房ともいろいろ話したンだ」
五郎「――」
和夫「純の場合ここらのふつうの子とちがって、小学校の途中まで東京で育ってる。あいつにしてみりゃ、昔東京で一緒に机を並べた連中に遅れたくないっていう焦りがあるだろう」
五郎「――」
和夫「それは何となくわかる気がするンだ」
五郎「――」
和夫「たしかに今のあいつの友だちは、ほとんどがここで農家をつぐ連中だ」
五郎「――」
和夫「あいつを将来どうさせる気か知らないけど、少なくともあいつの今の調子では」
五郎「中ちゃんオレは反対ってわけじゃないよ」
和夫「――」
五郎「あいつがそうしたけりゃそうさしてやるよ」
和夫「――」
五郎「あいつを一人東京に出すくらい」
和夫「――」
五郎、コップの酒を飲む。
演歌。
五郎「ただ――」
和夫「――」

間。

五郎、フッと笑う。

五郎「そうか」

和夫「――」

五郎「まわりはみんな知ってたのか」

和夫「――」

演歌。

五郎「オレだけ一人知らなかったわけか」

和夫「――五郎」

五郎「(笑う) いやまアそんなことは――」

和夫「――」

五郎「いいンだけどさ」

和夫「――」

間。

和夫「五郎」

五郎「おばちゃんもう一杯お酒ちょうだい」

音楽――静かな旋律で入る。B・G。

道

五郎、帰ってくる。

家

暗い。

五郎、その前でちょっと立つ。

中へ入る。

いきなり歓声が中から起こる。

〽ハッピバースデー・ツーユー

ハッピバースデー・ツーユー

ハッピバースデー・ディア、父さん

ハッピバースデー・ツーユー

拍手と同時に電気がパッとつく。

純、螢、草太、アイコ。

一同「お父さん(おじさん) おめでとう」

純「(電球を指し) これ、ボクからのプレゼント!」

五郎、ぼんやり電球を見上げる。

草太「純のやつ一人で作っちまやがったンだ」

五郎「――」

草太「あ、それと。おじさんこれ紹介する。アイコ。飯田の、ホラ広介の姉貴」

アイコ「はじめまして」

五郎(ちょっと頭を下げる)

螢「父さんこれ私から(プレゼント)」

五郎「ありがと」
草太「よし！　サ食うべ食うべ。おじさん豚肉持ってきてやったンだ。螢、さ準備すべ。アイコも手伝え」
アイコ「うン！」
草太、アイコ、螢、裏へ。
五郎と純のみ室内へ残る。
五郎。
――螢のプレゼントを開く。
眼鏡が出てくる。そして手紙。
五郎、その眼鏡をかけ、手紙を読む。
外してフッと電気を見上げる。
純「（ニッコリ）おどろいた？」
五郎「――」
純「なぜこれうまくいったかわかる？」
五郎「――」
純「プロペラの代りに古い鍋使ってさ、少しの風でもまわるようにしたンだ。それがミソ。今度はさ、交流で電気来てるから、いい、ホラふつうのこういうラジオも」
スイッチ入れる。
流れ出す音楽。
純「ね！　電気製品たいがい使えるよ。容量は少ないけどヒーターなンかも」
五郎「（低く）消せ」
純「エ？」
五郎「その音を消せ」
純「――」
純、ラジオを消す。
五郎。
間。
ゆっくりジャンパーをぬぐ。
五郎「お前にききたいことがある」
純「――何」
五郎「――東京に行くのか」
入って来た螢、棒立ちになる。
純。
五郎「行くンだろ来春中学を出たら」
純「いや、それは」
五郎「行きたければ行けばいい。反対なンかしない」
純「――」
螢。
五郎「ただ――」

純「――」
五郎「オレは――」
草太「（入る）おじさんこの豚、今朝つぶしたやつ――」
五郎「――」
草太「どうしたの」
五郎「オレは心のせまい男だから、お前のやり方にひっかかってる」
純「――」
五郎「どうしてオレに何の相談せず、ほかのみんなには相談するンだ」
螢。
五郎「なぜ父さんにだけ相談がない」
純「――いや」
五郎「オレはそんなに頼りにならんか」
純「ちがいます」
五郎「じゃあなぜまっ先にオレにいわない」
螢。
草太。
純「いえませんでした」
五郎「どうして」
純「だって――父さんが――困ると思ったから」
五郎「困る？――どうして」
純「――」
五郎「どうしてオレが困る」
純「――」
五郎「それは金のことをいっているのか」
純「いや――それだけじゃなく」
草太「おじさん、いいべさ、まアその話は」
急に表に行こうとする純。
五郎、その純の腕をつかむ。
純「（低く。冷静に）父さん落着いてよ。今夜はその話いいじゃない」
純、父の手を静かに放す。
五郎「（かすれる）無礼なこというな。オレは落着いてる」
純「――」
五郎「はっきりしよう。父さんはそんなに頼りないのか」
アイコ「（とびこむ）草ちゃんこのタレ」
気づいて黙る。
表へ行こうとする純。その手をふたたびつかむ五郎。
純「やめてよみんなが来てるのに」
五郎「純」
純「それより今日は誕生日じゃない。ぼくは今日のために何日もかけて風力発電やっと作ったンだ。（ふるえる）どうしてもっとよろこんでくれないの」
五郎「大里のうちに入りびたってか」
純「――」
五郎「あすこの娘に手伝わしてか」
純。
――ゆっくり父の手をほどく。
純「（小さく）情けない」
五郎「何？」
純（行こうとする）
五郎「（つかむ）何が情けない」
純、手をふりほどきギラッと父を見る。
純「父さんがさ」
五郎「オレがどうしてなさけない！」
草太「おじさん」
純「（叫ぶ）情けないじゃないか！　父さん近頃本当に情けないよ！　ボクがここから出たいンだってそういう父さんを見たくないからさ！」
草太「純！」
五郎「ちょっと待て」
純「（涙があふれる）父さん――。どうして――よろこんでくれないの？」
五郎「――」
純「一生懸命――ボクやったのに――。父さんに――。よろこんでもらえると思って――風力発電――一生懸命」
五郎「話をすりかえるな」
純「すりかえてなんかいないよ」
五郎「すりかえてるじゃないか」
純「すりかえてるのは父さんじゃないか！　今夜は父さんの――誕生日だから――」
螢「お兄ちゃん――」
純。
涙がつき上げ、バッと外へ出る。
草太「純！（追う）」
音楽――圧倒的に流れ込む。B・G。

表

月光。
走る純。
猛然と追う草太。

牧草地

走る純。
草太ようやく追いつき、つかまえて一緒にひっくり返る。
背中をまるめた純の慟哭《どうこく》。
草太。
——かけてやる言葉がない。
煙草を出して口にくわえる。
間。

草太「純」
純「——」
草太「まア落着け」
純「——」
草太「煙草すうか」
純「——」
草太「まだやってねえのか」
純「——」
草太「オラア中三で初めてすった」
純の慟哭、やっと落着く。
間。
草太「（ポツリ）おやじさんの気持、オラにはわかるぞ」
純「——」
草太「男は見栄で生きてるもンだ」
純「——」
間。
草太「いくつになったって男は見栄だ」
純「——」
間。
草太「お前が、おじさんが困ると思って相談しなかった気持ァわかる。したっけおじさんのいちばんつらいのは、そういうふうに見られてるってことだ」
純「——」
草太「息子のお前にいたわられてるってことだ」
純「——」
草太「男はだれだっていたわられりゃ傷つく」
純「——」
草太「それが男だ」
純「——」
草太「本当の男だ」
サイレン、どこかでかん高く鳴りだす。
草太「そこをよく考えろ（顔起こす）」
純「——」

草太「霜注意報か」
純「――」
草太「もう初霜か」

闇に

チロチロと火が燃えはじめる。

農家

タイヤに灯油を入れ、霜害防止の薫煙が始められる。

家

サイレンがここにもひびいている。
アイコ「(螢に) 霜下りるみたいだから手伝いに帰るネ」
螢「ゴメンナサイ。ありがとう」
アイコ「おじさんまた」
五郎「――」
アイコ外へ。
帰ってきた純、草太とぶつかる。
草太「何だ。帰るンけ?」
アイコ「うちまだ小豆刈ってないから」
草太「じゃオラ手伝う」
アイコ「いいいい」
草太「かまわん。一緒行く。おじさんまた来るわ!」
純の肩たたいて、
草太「(小さく) キチンと詫びれ」
中へ押しこんで去っていく。
純と螢と五郎。
純。
――父の前へ立つ。
純「父さん――」
五郎「――」
純「ごめんなさい」
五郎「――」
純「ぼくが――」
ガラッと戸が開き、中津がとびこむ。
中津「五郎さん悪いけど手え貸してくれ。薫煙するのに人手がいるンだ。大里さんちの小豆がやられちまう」
五郎「――」
中津「上《かみ》の畑に行くもンがおらんから、手伝ってくれって大里のかみさんが」
五郎「人の良いのもいいかげんにしろ!」
中津「――」

五郎「あいつはあんたに何ていったンだ」

大里家・裏

タイヤに灯油を入れ火を放つ大里。

同・ガレージ

古タイヤをまわして運び出すれいと母。

大里「（走ってくる）四トンに積んどけ。上の畑に行く」

麓郷

点々と薫煙の火が燃える。

大里家・裏

薫煙の煙があたりに流れている。

手伝いの夫婦がやってくる。

大里「霜のやつ予定より早く来よった。上の畑へたのむ。オラもタイヤ持ってすぐ追いかける！」

夫婦、車へ。

大里、四トン車の運転席へとび乗る。

エンジンを入れてガーッとバックする。

その方向の煙の中に、タイヤをまわしながら運んでくる大里夫人。

勢いよくバックする四トン車。

同・ガレージ

ふり返ったれいが仰天して叫ぶ。

れい「父ちゃんダメ母ちゃんが!!」

裏手

四トン車煙の中へバックして——ドンと衝撃。

ガレージ

口をおさえたれいの顔。

運転席

首をつき出し、ふりむいた大里。

道端

はじかれたタイヤがころがって来て——止まる。

ガレージ

れい。

――。

れい「いや――ッ!!（走る）」

音楽――切りさくように入って。

五郎の家

ガラッと戸が開いて和夫がとびこむ。

五郎顔あげる。

和夫「大里があやまってかみさん轢《ひ》いちまった。手え貸せ」

純。

螢。

五郎。

ストンと立ってとび出す純。

畑

点々とタイヤ焼く火が燃えている。

その畦道を純が走る。

五郎と螢が猛然とそれを追う。

そして和夫も――。

家・屋根

風車が微風にカラカラとまわっている。

音楽――静かに転調してテーマ曲。

風車に

落葉が降っている。

語《り》「それがこの秋の麓郷の出来事だ」

落葉は雪に変り、いつか静かな冬景色となる。

5

雪景色

語《り》「雪子おばさん、お元気ですか。

早く手紙を書こうと思っていて、とうとう十二月になってしまいました。

九月にお願いした東京行きの件、やっぱりあきらめることにしました。富良野の高校に入るつもりです」

しのびこんでくるジングルベル。

クリスマスの飾りつけ（町）

語《り》「父さんにダメだといわれたわけじゃありません。ぼくが自分で決めました」

本屋

参考書を立ち読みしている純。

語り「今のぼくたちの暮らしの中で、東京に出るのはやっぱりわがままで——」

常盤通り

本屋から出てきて歩きだす純。

降っている雪とジングルベル。

純、信号で立ち止まる。

フッと顔をあげ、ドキンとする。

信号の向う（対岸）に立っているれい。

純。

れい、ちょっと笑い、胸の所で小さく手をふる。

音楽——低い旋律で入る。B・G。

道

麓郷への道を黙々と歩く二人。

そのいくつかのショットのつみ重ね。

八幡丘の道

雪道を歩く二人。

れい「（小さく）元気だったの？」

純「——（うなずく）」

れい「ぜんぜん連絡してくれないから、——もうダメなのかなってあきらめてた」

歩く二人。

純「（低く）ダメって何が」

れい「——（ちょっと笑って首をふる）」

歩く二人。

純「大変だったな」

れい「——」

間。

純「何ともいえねえよ」

れい「——」

間。

純「オレもおふくろ——死んじまってるから」

歩く二人。

間。

れい「学校どうした？」

純「残ることにしたよ。富良野に」

れい「——本当」
純「おやじがあんまり——どうしようもねえからさ」
れい「————」
歩く二人。
純「お前は？」
れい「——（首ふる）」
純（見る）

別の道

歩く二人。
れい「きいてるでしょう？」
純「————」
れい「小豆が全滅でひどい目にあったっていう話」
純「————」
れい「父さん大きくやっていたから、その分大変になっているみたい」
純「————」
歩く二人。
れい「（急に明るく）やめようこんな暗い話！」
純「————」
れい「ねえ！　クリスマスには何してるの!?」
純「クリスマス？」
れい「二十四日の晩、予定ある？」
純「どうして？」
れい「もしもできたら、あそこで逢わない？」
純「あそこ？」
れい「あの納屋。いつか雨やどりした」
純「————」
語《り》「考えていた」
れい「ムリかな」
純「————」
語《り》「クリスマスの晩は予定があった」
歩く純の顔。
語《り》「それは前から広介やチンタと、こっそり計画していたことであり」
歩くれいの横顔。
語《り》「本当いうとその計画には、れいちゃんの名前もちゃんと入っており」
純「少し遅くてもかまわない？」
れい「それはいいけど——ムリしなくていいのよ」
純「いや、ムリじゃない」
れい「————」

純「必ず行くよ」
　歩く二人。
れい「こないだ札幌に行って来たの」
純「――（見る）」

納屋の見える道

　歩く二人。
れい「すごくすてきな喫茶店、札幌で見つけた」
純「――」
れい「純君つれて来たいなアって思った」
純「――」
れい「天窓があってね、雪が上から降ってくるのが見える
の」
純「――」
　間。
れい「ねえ！」
純「ん？」
れい「卒業式いつ？」
純「さア」
れい「きっと一緒よね」
純「だと思うけど」
れい「卒業式の日終ったら二人で札幌行かない!?」
純（見る）
れい「夜中までには帰ってこれるわ」
純「――」
れい「帰れなければ泊ればいいンだし」
　純。
　歩く二人。
れい「純君、恐い？」
純「――」
れい「家で怒られる？」
純「――（窒息しそうに）イヤ」
　歩く二人。
れい「ゴメンナサイ」
純「――」
れい「私――とっても、――恐いことといってる」
純「――」
　音楽――いつか消えている。
　純、歩きつつチラと納屋を見る。
語《り》「ドキドキしていた。
　ドキドキしすぎて――何ていっていいかわからなかった」

納屋。

語り「れいちゃんと二人で札幌に行く」

歩く二人。

語り「だけど——」

純。

語り「その前にクリスマスの晩」

歩く二人。

語り「クリスマス・イブのおれたちの計画」

いきなりたたきつける「もろびとこぞりて」

校庭（クリスマス・イブ）**夜**

ソリにカセットデッキをとりつけている純。カセットから流れる「もろびとこぞりて」

広介の声「ペンチ！」

純「こっちだ！」

広介「来たぞ！」

道産子を引いてくる広介とチンタ。

チンタはダブダブのサンタクロースの衣裳を着、プレゼントの袋を背負っている。

純「きまってるじゃん！」

チンタ「お前の衣裳。ハイ！」

広介「馬にソリつけろ！」

純「この馬本当にソリひけるのか」

広介「まかしとけって」

純「（作業しつつ）どっからまわるンだ」

広介「まずサト子ンち。それから久美子ンち。つぎがれいンち」

チンタ「おれのフラれたやつばっかだ」

広介「これで逆転するかもしれねえじゃん！」

雪道

馬にソリつけて三人のサンタクロースが行く。

カセットから流れる「もろびとこぞりて」

農家

フルボリュームの聖歌とソリ来て、プレゼントの包みを放りこんで行く。

びっくりしてとび出てくる娘と両親。

農道

成功に気をよくしてご機嫌の三人。カセットに合わせて大合唱。

大里家・下の道

ソリ来る。

広介「大里のおやじうるせえから、少し音楽のボリューム

しぼれ！」

音楽しぼる純。

チンタ「電気ついてねえぞ」

広介「留守かな」

純。

チンタ「れいちゃん、いねえンじゃねえか」

広介「(純に) お前行ってみろ」

純「やだよお前行けよ」

広介「何だコノヤロ見せ場だっていうのに」

広介、プレゼントを持ち、坂の上の玄関へ歩いて行く。

チンタ「もう寝たのかな」

純。

——気にしないふりして気にしている。

玄関の前に立っている広介。

そのままじっと動かない。

間。

チンタ「何やってンだあいつ」

純「——」

チンタ「見て来ようか」

純「ちょっと待て」

チンタ「——」

間。

チンタ「変だな」

広介「(叫ぶ) 純！」

純「——」

広介、激しく手招きしている。

チンタ「どうしたンだ」

純、何かを感じて走りだす。

大里家入口

純、走ってくる。チンタも。

広介、黙って玄関を指す。

貼紙。

——書かれている。

「突然ですが転出いたします。

御迷惑おかけした方々にはお詫びの言葉もございま

せん。

各位様　　　　　　　　　　　　　大里政吉」

純。
広介。
チンタ。
チンタ「(口の中) 夜逃げだ!」
純。
音楽——キーンと突き刺すように入る。B・G。

中畑家・表

とび出し、車に乗る和夫と男たち。
必死に説明するサンタクロース姿の広介とチンタ。
純。

別の農家

ジャンパー着ながらとび出す人々。

雪道

つっ走る車。

大里家下

何台かの車が止まっている。
家の前に立って貼紙を見ている大人たち。

サンタクロース姿の広介とチンタ。
音楽——砕ける。

氷柱

五郎の家

ぼう然と坐っている純。
台所で洗い物をしている螢。
純、立ちあがる。
入口へ。
螢「どこ行くの」
純「ちょっと」
螢「父さん帰るまで待ってれば」
純(外へ)

月光の雪道

純、黙々と一人歩く。
どこかの農家のテレビから、クリスマスキャロルがきこえてくる。

農道

純、黙々と一人歩く。

納屋

雪の谷あいにポツンと眠っている。
柵の所から見ている純。
間。
そっと納屋へ歩く。
入口の戸を開け、中へ入る。

同・中

しんと静まっている。
純。
間。
——小さく呼んでみる。
純「レイチャン」
間。
純「レイチャン——」
静寂。
純。
長い間。
純、あきらめて出ようとする。

そのときフッと気になって、懐中電灯でわらの山を照らす。
そこに置かれているプレゼントの包み。
純。
のろのろと近づいて手にとる。
小さなカードがそえられている。

カード

文字。れいの字で書かれている。
「急に遠くに行くことになりました。
黙って行っちゃってゴメンナサイ。
純君のこと、大好きです。
いっぱい、いっぱい、いいことあるように！
れい」

納屋

純。
間。
包みを開ける。
ウォークマンとカセットが出てくる。
純、イヤホンを耳に入れてスイッチを押す。

低く流れ出す尾崎豊。
純——どうしていいかわからない。
泣きそうな顔でゆっくり入口へ歩く。
中をふり向く。
間。
急にギクンと表の地面を見る。
純。
——ゆっくりとウォークマンをはずす。
純の顔。

語り「雪の上にれいちゃんの足跡があった！」

足跡。
間。

語り「足跡はまっすぐ納屋の中へ入り、それから表へ出たところで、——もういちど立ち止まってふり返ったらしく」

純。

語り「れいちゃん——！」

音楽——雪崩《なだ》れこむ。B・G。

語り「（泣き声で）それぇ——ないじゃないかれいちゃん！」

足跡

月光の下、転々とつづいている。

語り「ひと言もいわないで——。どこへ行くとも、——何もいわないで行っちゃうなンて」

納屋入口

立っている純。

語り「卒業式の日に札幌へ行こうって、——あの約束は——。（かすれる）あの約束は——」

純。
——その目から涙がぼうだと流れている。
音楽——中断。
純、急に涙をふく。
柵の所に立っている螢。
純。
螢、近寄る。
そばへ来て立つ。
顔をそむけて立っている純。

螢「父さんが待ってる」
純「——」
間。
螢「父さんがね、お兄ちゃんにいってあげなさいって。卒業式が終ったら、東京に発つようになってるからって」
純「――」
螢「雪子おばさんと、そういうふうに全部話がついてるからって」
純「――」
螢「(かすかに笑う) よかったね」
純「おそいよ」
螢「――」
純「今さらそんなこといったって」
螢「どうして?」
純「――」
螢「どうして今だと遅いの?」
純「――」
螢「卒業までまだ三ヵ月あるじゃない」
純「――」
間。
純「螢、れいちゃんは――」
螢「(突然鋭く) そういうこと今いわないでくれる!?」
純、螢を見る。
螢の目に涙がゆれている。

純。
螢「いいだしたのはお兄ちゃんじゃない!」
純「――」
螢「だから父さんあんなに無理して――」
純。
間。
螢「東京に行きたかったのはれいちゃんと一緒だから!?」
純「――」
螢「学校のことじゃなく、れいちゃんといたかったから!?」
純「――」
螢「そんなこと今ごろいいだすのよして!」
純。
螢の目に涙が吹き出している。
音楽――静かな旋律で入る。B・G。
うつむいている純。
うつむいている螢。
純、何かいおうとし、やめる。
螢、何かいおうとし、やめる。
雪がかすかに降りはじめる。

道

二人、無言で帰ってくる。
その、いくつかのショットのつみ重ね。

家

二人入る。
土間でたきつけを割っている五郎。
立つ二人。
五郎。
——割りつつ、
五郎「(ポツリ) 大里ンちはみんな出てったらしいな」
純「——」
間。
五郎「そういう土地だここは。——みんな出てくンだ」
純「——」
間。
五郎「昔、父さんも黙って出てった」
純「——」
長い間。
薪を割る五郎。
五郎「純」
純「——ハイ」
間。
五郎「疲れたらいつでも帰ってこい」
純「——」
間。
五郎「息がつまったらいつでも帰ってこい」
間。
純「父さん」
五郎「くにへ帰ることは恥ずかしいことじゃない」
純。
螢。
薪を割る五郎。
五郎「お前が帰る部屋はずっとあけとく」
純「——」
間。
五郎「布団もいつも使えるようにしとく」
純「——ハイ」
間。
五郎「風力発電も——。
ちゃんとしておく」
純「——」

間。

五郎「おれたちのことは、心配しないでいい」

純「――――」

間。

五郎「中富の定期便が東京まで行くから、それに乗れるようにたのんどいてやる」

純「――――」

五郎「卒業式が終ったらすぐ行け」

純。

純「(かすれて) 父さん」

五郎「(笑う) 雪子おばさん、愉しみに待ってる」

いきなりたたきつける「仰げば尊し」

山波

純白の、新雪の朝。

麓郷中学

しんと静まった雪の校庭に、中から流れている「仰げば尊し」

卒業式

その中にいる純。

送る生徒たちの中に螢。

そして父兄席にいる五郎。

語り「三月。
ぼくは中学を卒業した。
ぼくは東京へ出ようとしていた。
こっちへ来て六年」

道

黙々と歩く五郎、純、螢。

語り「母さん。
東京へ出ようとしています。
父さんや螢をこっちへ残して」

純。

語り「二人のことを考えると――。
たまりません」

家

荷物をつめている純。

語り「だけど自分の将来を考えれば、どこかで父さんを捨てねばならず。

それは——。
れいちゃんもいっていたことで」

風力発電

風車がまわっている。

語り「れいちゃん——！
オレは東京へ行きます」

音楽——静かな旋律で入る。Ｂ・Ｇ。

家・表

荷物を持った純と螢、出る。

語り「本当は君と一緒に東京で、高校生活を送るつもりでした。だけどもう今はそれも望めず——」

村道・交差点

二人来る。
荷物を置いて、トラックを待つ。
間。

純「（かすれて）螢」
螢「——」
純「父さんを——たのんだぜ」
螢「わかってる」
純「——」
螢「こっちは心配いらないから」
純「——」

間。

螢「手紙だけ書いて？」
純「——ああ」
螢「父さんにあてて」
純「——ああ」
螢「本当よ」
純「ああ」
螢「本当に——毎週書いて」
純「ああ」

はるかかなたからやってくるトラック。
音楽——消えてゆく。

純「螢」
螢「——」
純「本当いって、オレ——父さんに——」
螢「——」

純の胸に熱いものがつきあげる。
トラック近づき、二人の前に止まる。

とび下りる五郎。
五郎「荷物はこれだけか」
純（うなずく）
五郎、荷物を助手席に放りあげる。
五郎「（運転手に）すみません。荷物これ、よろしくお願いします」
荒っぽい顔をした運転手、無愛想に荷物を奥へ放りこむ。
五郎「（純に）元気で行ってこい」
純「――」
五郎（手を出し、笑って握手を求める）
握手。
螢も手を出す。
握手。
五郎「じゃ急げ、まわり道してもらってンだ」
純、ちょっとうなずく。
助手席に乗る。
戸を閉める。
トラック、いきなり方向転換のためバックする。
純、あわてて窓あける。
五郎「（運転手に）それじゃよろしくお願いします！」

螢走って、純の側へまわる。
トラック、スタート。
螢「（叫ぶ）れいちゃんの居場所わかったら教えるから！」
純、首をつき出す。
その目に――
雪の中に立った父と妹の姿――たちまち遠ざかる。

走る車内

純。
こみあげた涙をかくすように、窓を閉める。
純「（運転手に、小さく）ヨロシクオネガイシマス」
運転手「――」
純「――」
純、ウォークマンをつけボタンを押す。
尾崎豊が流れ出す。

記憶（フラッシュ）

れい。

走る車内

純。

記憶（フラッシュ）

れいとの記憶。

走る車内

純。

窓

続く雪道。

走る車内

純。

そのイヤホンが突然抜かれる。

純「ハ？」

運転手を見る。

純「すみません、きこえませんでした」

運転手、フロントグラスの前に置かれた封筒をあごで指す。

純「ハ？」

運転手「しまっとけ」

純「――何ですか」

運転手「金だ。いらんっていうのにおやじが置いてった。しまっとけ」

純「あ、いやそれは」

運転手「いいから、お前が記念にとっとけ」

純「いえ、アノ」

運転手「抜いてみな。ピン札に泥がついている。お前のおやじの手についてた泥だろう」

純。

運転手「オラは受取れん。お前の宝にしろ。貴重なピン札だ。一生とっとけ」

純。

――。

恐る恐る封筒をとり、中からソッと札を抜き出す。

二枚のピン札。

ま新しい泥がついている。

純の顔。

音楽――テーマ曲、静かに入る。B・G。

純の目からドッと涙が吹き出す。

音楽――

エンドマーク

北の国から’89帰郷

1

黒板五郎の顔

かなり酩酊《めいてい》してヘラヘラ笑っている。

相手の姿は見えないが、富良野の行きつけの『駒草』のカウンターらしい。

五郎「ア、どうもスイマセン、ご馳走に――ア、コボレマス！――どうも」

飲む。

間《ま》。

五郎「観光客の方ですか？　スキー？　スキーにも見えないよね。観光――。めずらしいねこの季節に。ただの観光。イヤ私買います。このシーズンに観光に来られる方。いちばん良いもン、なンもないけど」

間。

五郎「本当いいますとね。へへ――ちょっと恨ンでるンす。最近観光地になりましてネ富良野。どういうわけかアタシ知らないけど。人が来てくれるのは嬉しいサそりゃ。前は一日で人の顔見るより、狐の顔見るほうが多かったンだから」

間。

五郎「でもいろんな人来るからね。畑に入るわ、空きカンは捨てるわ、それで来てやったンだからって威張ってる。そういう人も中にはいてさ」

間。

五郎「伊藤さんちの人参畑なンて道路っぷちにあるもンだから、この夏一月《つき》で拾った空きカン、全部集めたら三百六十五本！」

間。

五郎「あれ計算して捨てたのかね」

間。

五郎「奥さん東京？」

間。

五郎「お嬢さんじゃないよね。アレ？――お嬢さん？」

並んで飲んでいる中畑和夫が瞬間見える。和夫は五郎をつついたらしい。

五郎「お嬢さんじゃないよォ、失礼だよォ。酸いも甘いも嚙みわけた顔だもン。痛テッ」

和夫「すみません。こいつ酔ってるもンスから」

五郎「酔ってますちょっと、ハイ。（ヘラヘラ、ペコンとお辞儀して）ゴメンナサイ!?」
間。
五郎「めでたいことちょっとありましてね」
間。
五郎「伜《せがれ》の送って来た金で飲んでるンス」
間。
五郎「伜、東京にいましてね、昼間働いて夜学に通って、キチンと毎月金入れてくれます。感謝！」
間。
五郎「大学に行かそうと思ってます、ハイ。中学の先生も純の頭なら絶対大学やるべきだって。ア！――奥さんもしかしたら大学出だ！――大学出てる！　ネ？　当りィ！」
間。
五郎「娘はね、去年の春中学出てから看護学校に通いだしました。旭川にある定時制の」
間。
五郎「めでたいことって――、実いいますとね」
間。
五郎「螢、今日旭川に引越してったンです。螢っていうンです娘の名前」
間。
五郎「去年はこっちからずっと一年間、旭川まで通ってました。よく続きましたよ毎日毎晩。だってあなた旭川に通うっていうとネ――。定時制の看護学校に通うには午前中病院で働くンです。そのためには毎朝六時二分、富良野発の始発に乗んなきゃなんない。麓郷出るのは五時二十五分、起きるのはしたがって四時五十分。私毎朝駅まで送った。だってバスまだ走ってないンだもン」
音楽――テーマ曲、イン。

麓郷街道（朝まだき）

五郎の車のヘッドライトが来る。

五郎「車なンて一台も通ってなかった。去年の秋はまた――紅葉がきれいでさァ――！」

音楽――盛りあがって。

タイトル流れて。

そのタイトルバックで、
駅へ向かう車と、明けてくる富良野。

駅へ着く車。

螢「（とび下り）アリガト」

改札へ走る。
すぐ発車する五郎の車。

ホーム

発車のベル。
階段をかけ下り、列車にとび乗る螢。
タイトル終り、テーマ曲消えていって。

走る車内

先頭車輛へ移動する螢。
その目にポツンと坐っている一人の青年。
本から一瞬だけ目をあげる。
螢、まったく目を合わさず、一つ離れて通路をはさんだいつもの定位置に席をとる。
ガラ空きの車内。
螢、教科書を出し、読みはじめる。

窓外

景色が飛んでゆく。

走る車内

螢。
青年。
たがいにまったく口をきかないが、明らかに相手を意識している。

駅

学生が二人乗ってくる。

走る車内

螢と青年。

車窓

十勝の山波が走る。

走る車内

螢、目が疲れ、ちょっと顔をあげる。
青年、眠っている。
その膝から本が落ちそうだ。
螢。
――どうしようかと迷う。
読んでいる本の名前が見える。

『風の又三郎――宮澤賢治』
螢。
青年の膝から本が落ちる。
立とうとする螢。
青年、ハッと目をさます。あわてて本を拾い、ついでにチラと螢を見る。
窓外の景色を見ている螢。

窓外

街並が流れ出している。

旭川駅

改札を出た青年、構内にある立喰いそばやへ。注文しつつ背後を意識する。
その後を街へ歩み出る螢。

同・駅表

螢、出てきて、歩きだす。

竹内外科・肛門科医院

入ってゆく螢。

同・医局

螢、ジャンパーを脱ぎ制服に着がえる。
その胸についている「見習」のバッジ。
賄いのおばさん沢田が入って、
沢田「おはよ」
螢「おはようございます」
沢田「三号室の田村さん今日からおかゆでよかったンだよネ」
螢「(ノート見て) そうです」
准看の明子入る。沢田外へ。
明子「おはよう」
螢「おはようございます」
明子「注射器の洗滌やっとくから外来のカルテ出しといて」
螢「ハイ」
明子「今日患者さん多そうだから」
螢「ハイ」
院長竹内入って、
竹内「早いですなァ労働者諸君」
二人「おはようございます」

竹内「うちのお嬢さまなンてまだ寝てますよ。それにくらべて君たちは偉いッ（薬を探している）」
明子「また二日酔いですか」
竹内「ちょっと飲みすぎた。ああ螢ちゃんお父さんにいいカボチャ送っていただいた。お礼いっといて」
螢「ア、イエ」
竹内「戴帽式の日はみえるンだろ」
螢「来ると思います」
竹内「その日にちょっとお話しするかな」
婦長「（入る）先生、宮川さんお待ちです」
竹内「あそうか。そんじゃ螢ちゃん、ズボン脱がして台にのせといて」
螢「ハイ（出る）」
竹内「サテと！　今日も元気でお尻を見ましょうッ——か？」

北村牧場

五郎の車止まり、一升瓶を持って五郎下りる。
「おじさーん!!」
走ってくる草太、物もいわずに五郎の手をとって陰へ。
五郎「な、なンだ」
草太「（嬉しげに舞いあがって）人にいうなおじさん！絶対人にいうな！」
五郎「何だよ」
草太「大成功だおじさん！　感動だ！　ついに交配に成功した！　絶対ムリだっていわれてたのに、ついに種ツケに成功したンだ！」
五郎「バイオの牛か」
草太「ンもオッ。おじさんはッ。牛でないアイコだ！　オラとアイコの交配だ！」
五郎「アイコちゃん!!?」
草太「そうだよ！　アイコが妊娠したンだ！」
五郎「ニンシンてお前——だ、だって結婚式は二月の予定だべ！」
草太「そんなの少しくらい早くたってかまわん！　めでたいことは早いほうがいい。あいつもうできンていわれとったンだ。前に何回か中絶しとるから。それができたから喜んじまって、ア、——アイコ!!」
ネコ車を押して現れるアイコ。
草太「（とんで行って）ダメだお前働くな？　そんなことオラやる？」
アイコ「（嬉し気に）だいじょうぶだって」

草太「いい、いい、オラやる！　それより今おじさんに話した。おじさんすごく喜んでる」
アイコ「アリガトウ！」
五郎「ア、イヤ（口の中で）オメデト」
草太「働くなったら！　オラがやるから！」

牛舎

正子「知らんよもう私」
一升瓶に牛乳を入れている正子。
五郎。
正子「どうしたらいいのさ」
五郎「――」
正子「式はまだ四ヵ月も先だっていうのにもう三ヵ月のおなかだっていうっしょう」
五郎「――」
正子「式の時にはどうなってるのサ」
五郎「式、早めるしか仕方ないべサ」
正子「そんな必要全然ないって、草太もアイコも笑いころげるンだからァ」
五郎「――」
正子「家の準備だってだいいちできとらんし」
五郎「清さん何ていっとるのよ」
正子「血圧上がって昨夜から臥《ふせ》っとるわ。（一升瓶出す）ハイ。草太にゃまったく手ぇ焼かされる。父ちゃんゆんべしみじみいっとった。子どもってもなァ、なきゃ淋しいだろうが、一人っていうのはもう多すぎるって」

牧場・庭

車に歩く五郎と草太。

草太「おやじは少し変っとるンだおじさん。牛の子できりゃァ喜ぶくせに、人に子ができたら全然喜ばん。しかも自分の孫だっていうのに！　まったくうちのおやじは変っとる」

五郎、立ち止まって何かいいかける。

――あきらめて車へ。

音楽――静かな旋律で入る。Ｂ・Ｇ（次のシーンのバックに流れる）。

丘陵

五郎の車が走る。

麓郷・トムソン・ウッディ・ビレジ

五郎の車が入って止まる。
何軒か建っている丸太小屋群。
釘袋を腰に下げつつ、建築中の小屋へ向かう五郎。

和夫「（一軒から出て）五郎！」
五郎「おう」
和夫「スプルス届いたぞ。見るか」

中畑木材・土場

リフト車が木材を積み上げる。
スプルスの丸太群を見つつ歩く二人。

五郎「全部で何本だ」
和夫「百二十本ある」
五郎「――――」
和夫「お前の図面から拾い出してみると、百本ちょっとで足りると思うな」
五郎「うン」
和夫「ただし乾燥はまだできてないぞ」
五郎「それはいいンだ、時間はあるから」
和夫「皮だけは早目にむいといたほうがいいけど」

音楽――消えている。

五郎「ところで全部でいくらになるンだ」

中畑木材・事務所

お茶をいれているみずえと和夫。

みずえ「五郎さん一人で作るっていってるの？」
和夫「ああ」
みずえ「一人で本当にできるのかしら」
和夫「何年もかけてコツコツやるンだと。やれる間に始めるンだと」

みずえ、机の設計図を見ている。
五郎の描いた丸太小屋のラフスケッチ。

みずえ「ねえ」
和夫「ああ」
みずえ「この図面、個室が三つもあるけど、純ちゃんと螢ちゃんの部屋のつもりかしら」
和夫「――――」

間。

みずえ「知ってる？　螢ちゃんずっと悩んでるの」
和夫「――――」
みずえ「旭川の病院に住込むように、学校のほうからいわれているらしいのよ。だいいち朝晩、五郎さんの車で送り迎えさせるのも辛いでしょうし」
和夫「あいつは喜んでやってるンだよ」
みずえ「一人になるのがイヤだからでしょう？」
和夫「――」
みずえ「それ思うと、螢ちゃんもいい出せないでいるのよ」
和夫「――」
みずえ「あなたから五郎さんにいってあげれば？　二人ともそのほうが楽になるンだし」
和夫。
間。
設計図をとって立ち上がる。
和夫「おれの出しゃばる話じゃないだろう」
音楽――ふたたび静かな旋律で入る。Ｂ・Ｇ。

旭川・本屋

螢が入る。

同・レジ

螢の前に、後ろの棚から注文しておいた本を出す店員。
螢、確認。
『風の又三郎――宮澤賢治』

定時制看護学校

授業。
きいている螢。

夕暮れから夜へ

旭川駅・ホーム

ベンチで本を読んでいる螢。
階段を下りてくる件《くだん》の青年。
柱にもたれて本をとり出す。
列車が入ってくる。
別々の入口から中へ入る二人。

車内

かなり混み合っている。
たがいに別の入口から中央付近の席へ着く二人。

走る列車

同・車内

それぞれ本を読んでいる二人。

小駅（美瑛《びえい》）

止まっている列車。

かなりの人数が吐き出される。

走る列車

空いている。

本を読んでいる二人のカットバック。

富良野駅・表

出てくる青年。

止めてあった自転車に乗って立ち去る。

遅れて出た螢、チラと見送り、父の車へ小走りに走る。

ガラス窓をコンコンとノックしてドアを開ける。

眠っている五郎。

螢「ただいま。おまたせ」

五郎「アアゴメン。ねちゃった。お帰り」

エンジンをかけてスタートする。

ヘッドライト

谷あいの道へと入ってゆく。

音楽——消えていって。

風呂場

螢が薪を焚いている。

五郎は風呂に入っているらしい。

螢「父さん」

五郎「——」

螢「父さん！」

五郎「——おお」

螢「ねちゃダメよ」

五郎「大丈夫だ」

間。

五郎「螢」

螢「うん？」

間。

五郎「純から何もいってこないな」

螢「——」

五郎「今度の正月は帰ってくるンだろうな」

螢「——」

五郎「もう一年半帰ってないンだからな」
螢「今度は帰ってくるでしょう」
五郎「今年は人参で貯金ができそうだから、飛行機代こっちから送ってやるかな」
螢「お湯、ぬるくない？」
五郎「いやちょうどいい」
間。
五郎「あいつが帰ったら三人で一度、十勝岳温泉でも行ってみたいな」
螢「―――」
五郎「あすこの露天風呂、最高らしいぞ」
間。
螢「父さん？」
五郎「――ああ」
螢「戴帽式には来てくれるンでしょう？」
間。
五郎「戴帽式って何だっけ」
螢「イヤダ、いったじゃない。帽子もらう式。看護婦さんの正式な帽子」
五郎「ああ、ああ―――」
間。

螢「竹内先生がお父さんに、その時ちょっとお話したいって」
五郎「―――」
間。
虫のすだき。
螢「今年はアレだけど来年になると、総合病院に行かなきゃならないのね」
五郎「―――」
螢「そうするとどうしても住込みじゃないと――こっちからの通いは無理になるからって」
五郎「―――」
間。
螢「父さん？」
間。
螢「きいてる？」
間。
螢「父さん、ねちゃダメ」

風呂

五郎の顔、ポチャンと水面に落ちる。
音楽――イン。以下へ。

モンタージュ

・雪虫。
・列車の中の螢と青年。
・木の葉に霜が下りている。
・人参畑を見て歩いている五郎。
・山に冠雪。
・人参の収穫。働く五郎。
・列車の中の螢と青年。
・トムソン・ビレジで働く五郎。
・初雪。
・列車の中の螢。青年。
・山々が少し白くなっている。
音楽――ゆっくり盛りあがって、終る。

竹内医院・診察室

一人の患者終り、螢、送り出す。
螢「お大事に。（カルテ見て）和久井さん、和久井勇次さん」
カーテンの向こうから男の足が入る。
螢「下全部脱いでそちらの台に上がってください」
ベルトを外しかけ止まった男の手。
螢――？と男を見る。
あの青年の顔がある。
螢。
――パーッと赤くなり、ギュッと目を閉じて後ろを向く。
螢「（窒息しそうに）ソチラへ――」
効果音――衝撃。

旭川駅・ホーム（夜）

列車を待っている螢。
階段を下りてくる勇次。
螢。――緊張して本を開いている。
勇次。
離れた柱に立ち、天を見る。
大きく息を吸い、溜息をつく。
螢。
間。
勇次、フラフラと螢の前へ来る。
螢。
――ちょっと目を上げ頭を下げる。

勇次、意を決し、隣りへ坐る。
坐り方が何となく痛ましい。
間。
勇次「まいったな」
螢「――」
間。
螢「どうして？」
勇次「だってえ――」
螢「――」
勇次「まいったよアンナ。――焦ったぜえ」
螢「――看護婦だもの。卵だけど。――恥ずかしがること何もないわ」
勇次「そりゃそうだけど――。場所が場所だもンッ」
螢「――」
音楽――やさしい旋律で入る。B・G。

走る車内

並んで坐っている二人。
勇次「定時制かァ」
螢（ちょっとうなずく）
勇次「そりゃ大変だ」

間。
勇次「あれお父さん？」
螢（見る）
勇次「いつも駅まで送り迎えする人」
螢「（うなずく）見てたの？」
勇次「――（うなずく）」
螢「うちが麓郷で、あの時間バスが通ってないから」
勇次「――（うなずく）」

美瑛

止まっている列車から吐き出される人々。
螢「大学？」
勇次「浪人だよ。三浪。予備校に通ってるンだ」
螢「たいへん」

走る車内

空いている。
二人。
勇次「宮澤賢治」
螢（ドキン！）
勇次「好きなの？」

螢。
螢「どうして？」
勇次「びっくりしたぜ」
螢「――」
勇次「だってオレもちょうど読んでたンだもン」
螢。
螢の声「ヤッタア！」

富良野駅前・公衆電話ボックス

五郎、電話をかけている。
下りてくる人々。
五郎あわてて電話を切りあげる。
構内から出てくる螢の姿。
五郎戸を開けかけ、フッと手を止める。
自転車に乗って去る青年に向かって、螢が胸もとで小さく手をふった。
五郎の顔。
――!!
あわててボックスをとび出して、段差に気づかずつんのめる。

車の所

螢、父がいないのでふり返る。
その前へあわててとんでゆく五郎。
五郎「ゴメンゴメンちょっと電話」
ふたたび段差でつんのめる。

風呂

湯の中から突き出た五郎の首が、異常な形相《ぎょうそう》で空《くう》を見ている。
その顔に、

記憶（フラッシュ）

胸のところで手をふった螢。

風呂

五郎の首。

記憶

自転車の青年。

記憶（フラッシュ）

倖せそうだった螢の顔。

風呂

五郎の首。

台所

螢、サンドイッチを手早く作っている。
その顔に、
勇次の声「きいたことない？　トーク・イン・ミュージック」

記憶（走る車内）

勇次「毎晩オレ寝るとき必ず聴くンだ」

台所

螢、チラと時計を見て二階へ走る。

二階

螢、ラジオのスイッチを入れる。

チャンネルを探す。

声「じゃア今日の一曲目いってみようね。そういうわけで留萌のイワブーから、釧路の恭子ちゃんへプレゼント。長渕剛の『乾杯』！」

「乾杯」流れ出す。

階下

五郎、風呂から上がってくる。

流れている「乾杯」。

頭拭きつつ二階を見る五郎。

部屋へ上がりかけ、フト台所の、作りかけのサンドイッチに目を止める。

五郎、何となくそっちへ行こうとする。

その時疾風のように二階からかけ下りた螢が、サンドイッチをパパッと包みこみ、かくし抱くようにまた二階へ駈け走る。

ポカンと見ている五郎。

「乾杯」以下に大きく流れて。

富良野駅（朝）

螢「アリガト」

駅舎へ走りこむ。

すぐスタートする五郎の車。そのままロータリーを一回転し、駅前に駐車して五郎下り、走る。

待合室

五郎走りこみ、窓からホームをそっとのぞく。その目に、

ホーム

列車の中を移動する螢。
勇次の前に坐る。
微笑み合った二人。
列車動きだす。

待合室

五郎。
——相当のショックを受けている。

走る車内

螢、カバンからサンドイッチの包みをとり出す。
一つ手にとり、ちょっと考えて、
螢「食べない?」
勇次「——」
螢「私、ごはんまだなの」
勇次「——（手をのばす）」

車

五郎、憤然とエンジンをかける。
ガクンとスタートし、エンストさせる。

モンタージュ

・タイヤ焼く煙。
・山々がかなりもう白い。
・街で一緒に昼食をとっている螢と勇次。
・看護学校の校門の陰にかくれ、螢を脅かす勇次。
・朝の送り車の五郎と螢。
・丸太の皮をはぐ五郎。
・予備校から出てきた勇次を、後からソッと気づかれぬように尾行《つけ》る螢の倖せ。
「乾杯」ゆっくりと消えてゆき。

走る列車内（夜）

並んで何かしゃべっている二人。
突然、

女の声「勇次っしょう！」
ドキンとする勇次。
知らんぷりする螢。
勇次「おばさん――」
伯母「あんたまだ東京に出てなかったの」
席を移ってくる伯母。
螢、さり気なく本を出し、読みだす。
伯母「ダメッしょうそんな。清水のおじさん早く出ろいってンだから」
勇次「まだ旭川の予備校で良いから」
伯母「ダメだ？　そりゃダメ。清水のおじさんいっとったよ？　旭川と東京じゃレベルがちがうンだから、早く東京に出るようにせんと」
勇次「――」
伯母「今年受からンかったらあんたどうするの？　みんなあんたに期待してるンしょう！　本来なら現役で入らにゃいかんのに、こんなところでグズグズしとって」
勇次「――」
伯母「早く出なさい？　早く東京に。向こうじゃみんな待っとるンだから」
螢。

富良野駅・表

車の中で待っている五郎。
その視線に一人出てくる螢。

ヘッドライト

闇を切り裂いている。
五郎の声「竹内先生から手紙もらった」
螢の声「――何て？」
五郎の声「カボチャのお礼だ。それと――」
螢の声「――」
五郎の声「戴帽式の日に話あるっていうンだ。だけど――父さん、ダメなんだその日」
螢の声「――」
五郎の声「悪いな」
螢の声「本当」
間。
五郎の声「今度の日曜、マイタケ採りに山に入る。行かないか？」
間。
螢の声「今度の日曜、ちょっとダメなの」

間。

五郎の声「そう」

螢の声「――」

五郎の声「疲れてるもンな」

螢の声「――ゴメンナサイ」

間。

五郎の声「誰かと約束？」

螢の声「――」

音楽――静かな旋律で入る。B・G。

廃村

人気《ひとけ》ない廃村に、冬枯れの草だけがゆれている。

橋

すでにほとんど使われてない橋を、螢と勇次がゆっくり歩いてくる。

勇次の声「これが滝里。オレの育った村」

通り

辛うじて残っているかつてのアスファルト。

勇次の声「もうじきダムの底に沈んじゃうンだ」

駅

ポツンと一つだけ残っている。

勇次の声「この駅ももうじき失くなっちゃうしな」

線路

半分赤錆びて伸びる。

その上に立っている螢と勇次の足。

勇次の声「生まれて育った村がなくなるって、何ともいえない不思議な感じだぜ」

螢。

線路の上を歩く二人。

勇次「今、少しでもここにいたいンだ」

螢「――」

荒地

草の中をゆっくり歩いて行く二人。

勇次「どうなったの、あれから。こないだの話」

間。

螢「旭川に住込むこと？」

勇次「ああ」

螢「まだ父さんに話せないでいる」
勇次「――」
螢「父さんもわかってて話避けるし」
間。
勇次「わかるよ。辛いもナ。一人にするンじゃ」

川岸

ゆっくり歩く二人。
螢「東京に出るの？」
歩く二人。
勇次「いつかはな」
螢「いつ？」
勇次「――」
螢「こないだ――伯母さん？　いってらしたでしょ？」
勇次「――」
螢「いつごろ？」
勇次「――」
螢「年内？」
勇次、突然足を止める。
螢を見る。
螢。
川の音急にたかくなる。

空知川

音たてて流れている。

同・岸

接吻。

空知川

とうとうと流れている。

岸辺

勇次、螢からパッと離れる。
勇次「(小さく)ゴメン」
どうしていいかわからずに、みょうにうろたえ、石を拾う勇次。
石を拾って川へほうる。
螢――見ている。
もう一つほうりかけ、手を止める勇次。
螢。
間。

何思ったか勇次、ポケットからナイフを出し川辺に立っている大樹に近づく。
勇次「東京なんか行きたくないンだ」
ナイフで木の幹に傷をつけはじめる。
勇次「おれはずうっと富良野にいたいンだ」

木の幹

ナイフがイニシアルを彫る。
Yと、Hと。

川辺

無言で見つめている螢。
音楽──ゆっくり盛りあがって終る。

家（夜）

虫のすだきの中にある。
螢の声「父さん、起きてる？」

階下

布団の中の五郎。
五郎「──ああ」
間。
螢の声「来年の四月から私やっぱり、旭川の病院に住込みになるから」
五郎。

台所

五郎に背を向けて立っている螢。
螢「父さん一人にして悪いンだけど、──そうしなくちゃやっぱりいけないみたいだから」
間。
五郎の声「ああ」
螢。
螢「ゴメンナサイ」

ろうそくの灯

小さくゆれている。
螢の声「お兄ちゃん、ご無沙汰しています。父さんも螢も元気です」
静かにしのびこむ歌声。

戴帽式

螢の声「五ヵ月の実習がようやく終り、戴帽式が今日あり
　ました」
看護婦の帽子をいただく螢。
先輩たちの手にしたろうそく。
父兄。
螢の声「父さんは忙しくて出れませんでした。お兄ちゃん
　がちっとも手紙を書かないから父さんはちょっぴり淋
　しそうです。この正月には帰るンだろうなって、その
　ことばかり毎日いってます。父さんは――（この声し
　だいに小さくなり、代りに純の声入ってくる）」
純の声「手紙はいつだって書いていたンだ」
戴帽式の中の螢。
純の声（語《り》）「書いていたけどいつも破った。父さんに心
　配かけたくなかったからだ」

純

坐っている純を、ゆっくりパンアップするカメラ。
語《り》「今日、髪を染めた」
純の頭、赤く染まっている。
鏡と対している純。
語《り》「これでまた正月は、帰れないと思った」
音楽――

2

東京・大塚（夜）

二台のバイクが走って来て止まる。
すでに止まっている数台のバイク。
純、アカマン（赤塚満次）、しのぶ、下りる。

江口の家

車座になっていた男女ふり向く。
アカマン「ジャアン!!」
赤い髪の純、ニタついた顔を出す。
一同の喚声、口笛、笑い。
西岡「カッコいいじゃん！」
辻「やりましたねえ」
江口「何で学校サボったかと思ったら。（奥へ）姉ちゃ
　ん！　来てみな！」
純「赤すぎない？」
ハルミ「（首ふって）カッコいい」

純「本当？」
西岡「だれがやったの？」
アカマン「しのぶしのぶ」
辻「うまいじゃん」
典子（江口の姉）「（入る）どうしたの」
江口「見て、こいつ」
アカマン「ジャアン!!」
典子「（煙草くわえて）あああ、いい齢して。高校デビューは遅すぎるンじゃない？（去る）」
一同「キツーイ！」
ヨッペ「（入る）純」
アカマン「ジャアン!!」
ヨッペ「ヤッタア！——オイ、例のアレ」
純「今？」
ヨッペ「待ってくれてるから」

同・表

走り出たヨッペと純、それぞれの250ccにまたがる。
スタート。

街

二人のライトが走り抜ける。
そのいくつかのショットのつみ重ね。

喫茶店

バイクを止めて入る二人。

同・内

奥のカウンターにいた一人の少女、立つ。
手をあげるヨッペと、ちょっと頭下げる純。
少女——エリ。ボックスにいた若い男の肩をつつき、二人のほうへやってくる。

同・裏

四人、無言で来る。
そこに待っている400cc。
エリ、アゴでしゃくう。
ヨッペ「これかよォ！　いいじゃん」
エリ「（若い男をアゴでしゃくり）田沢」
田沢「よろしくゥ」
エリ「（純をアゴでさし）純ちゃん」

純「よろしく。これが――その」
田沢「（うなずく）持主がちょっと急ぎの金が必要でさ。
　だから」
純「すげえ――！」
エリ「試せば？」
純「乗っていい？」
田沢「いいよ」
　純――またがって、エンジンをかける。
純「スゲエ！」
エリ「まわってくれれば？」
純（田沢を見る）
田沢（うなずく）
　純、スタート。

走る400cc

　乗っている純。
語《り》「夢にまで見た４００だった。今乗っているのは２５０
　ｃｃで」
　走る純。
語《り》「これがもしかしたら、オレのものになる！」
雪子の声「（叫ぶ）どうしたのッ!!」

井関家・居間

　ふり返った井関。
井関「どうしたンだ」
雪子の声「純その頭どうしたのッ!!」
井関（立つ）

同・純の部屋

純「ヘッヘッヘッ、イメージチェンジ。カッコいいで
　しょ」
　ぼう然と見ている雪子と井関。
　井関、首をふり、黙って去る。

テレビ

　ゴルフ中継をやっている。

居間

　テレビを見ている井関の背後を、果物を持って純の部
　屋へ行く雪子。

純の部屋

雪子入って果物を置く。
雪子「ちょっといい？」
純「――」
　雪子坐る。
雪子「純あんたいったいどうしたの？」
純「――」
雪子「何が面白くてそんなことするの？」
純「――」
雪子「父さん知ったら何て思う？」
純「――」
雪子「今度のお正月も帰らないの？　富良野に」
純「――」
雪子「それともその頭父さんに見せちゃうの？」
純「――」
雪子「父さんあなたに期待してるのよ？　だから今までのちっちゃいことやなンか、心配かけないようにいわないで来たんじゃない」
純「――」
雪子「それをいいことにあなたがどんどん」
純「雪子おばさん。いったっていいよ」
雪子「――」
純「オレ別に悪いことしてないつもりだから」
　雪子。
雪子「そう」
純「――」
雪子「純、あなた変ったわね」
純「――」
雪子「何のために東京にわざわざ出てきたの？」
純「――」
語《り》「たしかにぼくは変ったかもしれない」
　雪子去る。
　坐ったままの純。
語《り》「何のために出てきたかといわれたら困る」
　純。
語《り》「小さい時知ってた東京の街と、今見る東京はちがいがでかすぎた。たぶん富良野にいたせいだと思う」
　音楽――「大都会」不安定にしのびこむ。B・G。

原宿

　若者の祭りの街。
語《り》「ぼくは遅れていた。めちゃ遅れていた。東京に来てからもう一年半。みんなに追いつこうとそればっか考えた」

ウインドウの前につっ立っている純。

語《り》「どう見たってぼくは極端にダサかった。ダサイかダサクないかってことは、勉強や仕事やそんなことより、ぼくの年頃には大問題だったンだ」

定時制高校

語《り》「でもそう考えてしまうこと自体が、ボクの身についたダサさかもしれない」

授業

机につっ伏して眠っている純。

語《り》「それでも学校にはだいたい通ってた。だけど昼間の仕事のほうは、一年半で三回変った」

仕事

ゴミの車を押してくる純。

語《り》「どれも雑用で長つづきしなかったけど、中卒でも仕事は結構見つかった」

自動車修理工場

タイヤを運ぶ純とアカマン。

語《り》「今年の春からつとめ出したここも定時制で親友のアカマンの世話でわりとスンナリ採用してくれた。仕事はやっぱり雑用だったけど、いろんな車を直接見れるし、250の今乗ってるバイクも、ここで何とか安くしてもらえたし」

音楽——いつか消え。

同工場・裏（昼休み）

バイクに坐っているアカマンと純。

アカマン「安いけどそんなお前キャッシュあるのかよ」

純「だから正月帰るのをやめたから」

アカマン「帰らねえのかよ」

純「この頭でおやじに逢えるかよ！」

アカマン「逢やいいじゃねえか」

純「気絶しちゃうよォ。だから帰らない決心するために、思い切って染めるンだっていったじゃねえかよ」

アカマン「そりゃきいたけど」

純「だからその旅費分に貯めといた金と250の下取り分と、それでも五万ばかまだ足ンねえから」

アカマン「水谷さんにきいてやろうか」

純「水谷さん？」
アカマン「ああ」
純「ここの？」
アカマン「金貸してくれるンだ。利子とるけどな」
純「本当？」
アカマン「たださァ」
純「何だよ」
アカマン「紹介者がエリだってとこがちょっとなァ」
純「そオそオそこがさァ、オレもさァ、ちょっとさァ」
アカマン「あいつのあにき〝下町火山〟の」
純「そう、幹部。きいてる」
　間。
　アカマン急にククッと笑う。
アカマン「あんがいエリに直接頼んでさァ、足ンない分負けろとか月賦にしろとか」
純「そんなヤバイことといえるわけねぇじゃん」
アカマン「でもないかもよ。あいつお前に気があるンだから」
純「冗談じゃねえよ！　わかってくださいよオ！」
アカマン「何いってンの、コレ有名な話よ。押しゃァ、コロリだから」
純「ヤベエことといぅなよな！」
アカマン「あいつ、あっちのほうすげえっていぅから」
声「アカマン」
アカマン「ハイ！」
　立っている水谷、アゴでしゃくう。
アカマン「（口の中で）ヤベエ」
　バイクからずり落ちて、水谷とともに去る。

定時制・授業

　天井を見て何か考えているアカマン。
　純、――つつく。
語り「学校は毎晩五時から始まり、授業の終りは八時五十分。
　その晩、アカマンは何だか変だった」

同・バイク置場

　それぞれのバイクにまたがる純とアカマン。
純「江ロンち今夜行くか？」
アカマン「今夜行かない」
純「――何か変だな」
アカマン「――」
純「何かあったのか」

アカマン「じゃ」
　アカマンエンジンをかけ、走り去る。
純「ちょっと待てよ！」
　純、あわててエンジンをかけようとし、――手を止める。
　立っているエリ。
　純――ゴクンと息をのみちょっと頭下げる。
エリ「昨日の話さァ」
純「ア、ハイ」
　間。
エリ「ちょっとどっかでしゃべんない？」

喫茶店

　ムード曲。
　エリと純。
純「何ですかアノ、――昨日の話に関することって」
エリ「昨日紹介した田沢ってやつサア」
純「ア、ハイ」
エリ「直接逢わないほうがいいと思うンだ」
純「アそうすか。イヤそんなら」
エリ「私が全部話つけるから」
純「ア。――アア。――そりゃァ――。悪いなァ」
　ムード曲。
エリ「いくら今あるの」
純「だから今のを四万で引取るってやついるから、それと後何とか――八万くらい」
エリ「十二万かァ」
純「だから、あと五万、どうしようかァって」
　間。
エリ「何とかしようか」
純「エ？」
エリ「その十二万で」
純「だってえ！　十七万だって安いのにあれなら」
エリ「兄貴入らせりゃ話つくかも」
　純。
エリ「もともと田沢って兄貴の線だから」
　純。
　エリ。
　ムード曲。
エリ「ま、ちょっとこの話私にまかして」
純「ア、ハイ、それは――ハイ」
語り「何となくイヤアな予感がした」

ムード曲。
エリ「学校、結構マジメに出てるよね」
純「ア、オレ？　ハイ――結構マジメですから」
ムード曲。
エリ「北海道だって？」
純「ア、ハイ。富良野って」
エリ「知ってる。兄貴が一本持ってる。フラノの生地でこさえたズボン」
純「――」
ムード曲。
エリ「向こうにだれかいる」
純「ハ？」
エリ「こっちじゃ全然いないみたいだけど」
純「？」
エリ「ガールフレンド」
純「ア！――イエ。別に」
エリ「――」
ムード曲。
語《り》「れいちゃんの顔が一瞬かすめた」

イメージ（フラッシュ）

れい。

喫茶店

純。
語《り》「どこにいるのかわからないれいちゃん」
エリ「つくりたいと思わない」
純「ハ？――ア、イヤそりゃァ、つくりたいです」
ムード曲。
エリ「私のこと――どう思う」
純「（唾をのむ）どうって――」
エリ「正直に」
純「――いい人です」
ムード曲。
エリ「いいか悪いかをきいてるわけじゃないでしょうが」
純「ハイ」
エリ「好きかきらいかをきいてるわけでしょうが」
純「ハイ。アノ、――きらいじゃありません」
間。
エリ「鼻の頭がムリしてるっていってる」
純「――」
純、鼻の頭の汗をサッとふく。

間。
エリ「どのくらい知ってるの」
純「ハ？」
エリ「──女」
純「ア、イヤ。そのほうは」
エリ「Cは？」
純「Cなンて！」
エリ「Bまで」
純「イヤBもまだ」
エリ「Aでおしまい」
純「本当にオレ──この年で恥ずかしいけど──何しろチャンスが──くにが過疎だもンで」

記憶（フラッシュ）
れい。

喫茶店
エリ「チャンスがあったらすぐにもやりたい」
純「ア、イヤァ、すぐにって──そりゃやりたいけど」
エリ「──」
純「アレ!?　もうこんな時間!?」
エリ「純ちゃんさァ」
純「ハイ」
エリ「本当に腹がへったってことあるん」
純「ありますよォそりゃァ。オレンチ年じゅうそれに近かったから」
間。
エリ「たとえばそういう時カレーが食いたいのに、じゃが芋出されても、うまいって思うタチ」
純「思うタチですハイ。そうだったからオレ」
エリ「──」
ムード曲。
間。
純「アノオレそろそろ。おばさんうるさいから」
エリ（立つ）

土手
純のバイクが倒れている。
虫のすだきの中に、土手の下から二人の争う声。
純「やめてください」
エリ「いいから」
純「ホント」

エリ「ここ」
純「ダメ」
エリ「何がダメ」
純「ボクダメ」
エリ「ここ」
純「ダメ」
エリ「いいから！」
純「イエアノ」
エリ「教えるから！」
純「許して！」
エリ「じゃが芋食うタチっていったくせに！」
純「好きな人いるンです！」
エリ「そんなことさっきいわなかった！」
純「いるンです！」
エリ「うそだ」
純「うそじゃないス！」
エリ「ね、ここ」
純「やめて！　ちょっと!!　ア!!」
　ザブーンとすさまじい物音がする。
　どうやらエリを川へ突き落としてしまったらしい。
純「エリちゃん!!　だいじょうぶ!!?」

　バシャバシャと水を叩く音。
純「つかまって。ここ、ハイ。つかまって!!」
　ザブンと水から上がる音。
純「だいじょうぶですか！　エリちゃんだいじょうぶ!!?
　ア!!」
　バチンと純はひっぱたかれたらしい。
　ガボッと水を吐く音と、精いっぱいのエリの泣き叫び。
エリ「あっち行け！　見るな!!　行かないとぶっ殺すぞ!!」
　間。
　土手の下から、必死にはい上がってくる純。
　バイクを立ててなおうろつくが、ブツブツ蒼白にエンジンかけ走り去る。
　音楽――衝撃。砕けてハイテンポの打楽器のB・G。
語《り》「最悪の事態になってしまった！」

ヘッドライト
　走る。
語《り》「エリちゃんの兄さんは暴走族の幹部で。やくざともつながりのある人だときいており」

部屋（深夜）
壁に頭を打ちつけている純。
語《り》「その晩はほとんど眠れなかった」

工場
タイヤ運んでいる純とアカマン。
語《り》「翌日も一日生きた気がしなかった。アカマンは今日もおかしかったけど、そんなことよりぼく自身のことで一日じゅう神経を張りつめており」
働く純の顔。
語《り》「あのままズブ濡れで帰ったエリちゃんは、ぼくのことを兄さんにしゃべったにちがいなく」

学校
授業受けている純。
アカマンの席が空いている。
語《り》「その晩、アカマンは学校に来なかった」
音楽——消えて。
しのぶの声「純ちゃん」

バイク置場
ふり返る純。
近寄ってくるしのぶ。
純「どうしたの」
しのぶ「アカマンが変なの」
純「——」
しのぶ「変だと思わない？」
純「——ウン」
しのぶ「昨日からほとんど口きかないで、どうしたのってきいても首ふるだけなの」
純「——」
しのぶ「ねえ、工場で何かあったの？」
純「——」

アカマンの下宿・下
純のバイク来る。
語《り》「アカマンの下宿に寄ってみたら、いつもの所にバイクがなかった」
去ろうとして、フッと窓を見上げた純。
語《り》「だけど窓には電気がついており」

アカマンの部屋・表

ノックする純。

返事なし。

ノック。

純「アカマン！──おれだよ。──いるンだろ！　アカマン！」

ドアがソッと開き、アカマンがのぞく。

アカマン「おう」

純「(入りこむ) 留守かと思ったぜ、バイクないから」

アカマン「バイクはもうねえンだ」

純「ねえって！」

アカマン「取られたンだ」

純「取られた!?」

アカマン「持ってかれたンだよ、借金のカタに」

純「(坐る) 借金のカタにって──」

アカマン「(坐る) 最悪だよまったくさんざ脅かされて、ケリまで入れられてバイクとられて」

純「だれに！」

アカマン「お前、いうからな」

純「いわねえよ、だれだよ」

アカマン「──」

純「知ってるやつかよ」

間。

アカマン「水谷だよ」

純「水谷さん？」

イメージ

アカマンを呼びにきた水谷。

アカマンの部屋

純。

アカマン──急に涙をこする。

純。

アカマン「最悪だよあいつは。許せねえよ」

純「──」

アカマン「半年前の借金がよ、──いつのまにか倍になってンだからよ」

純「倍？」

アカマン「ああ」

純。

純「いくら金借りたンだ」

アカマン「純──」

純「──」

アカマン「(涙ふく) あいつには気をつけろ」
純「――」
アカマン「あんな汚ねえやついねえからな」
　純。
純「いくら借りたンだ」
アカマン「――十万だ」
純「――」
アカマン「それが半年で二十万になってた」
　純。
純「何でそんな金あいつに借りたンだ」
アカマン「――」
純「バイク買った時のか」
　アカマン。
　――首をふる。
アカマン「おふくろが病気なンだ」
　純。
アカマン「もうダメなンだ」
　純。
アカマン「おやじすっかりまいっちまって」
純「――」
アカマン「お盆休みに別れてきたンだ」
　純。
アカマン「おふくろヤセちまって」
純「――」
アカマン「女相撲っていわれてたのに」
　純。
アカマン「死ぬってもう二度と逢えねえってことだろ」
　純。
アカマン「泣けっていわれたら、いつだって今泣ける」
　純。
アカマン「もしかしたら沖縄に帰るかもしれない」
　純。
アカマン「おやじをひとりに――オレ、しとけない」
語《り》「その言葉が胸に突き刺さった」
　純。

同・下宿下

　純、下りてきてバイクに乗る。
語《り》「父さん。元気ですか。螢はちゃんとやさしくしてますか」
　音楽――静かにイン。B・G。

バイクのヘッドライト

夜の街を走る。
語《り》「父さんのことオレ、忘れたわけじゃありません。いつだってオレ父さんのこと頭の中にしっかり置いてます」

部屋

ゆっくりと入って立つ純。
語《り》「父さんはきっと知らないと思います」

記憶

トラックの中の一万円札。
語《り》「富良野を出るときトラックの運ちゃんに父さんが渡した泥のついたピン札。あのお札を運ちゃんは受けとれないといい、一生持ってろとぼくにくれました」

定期入れ

折りたたまれて入ってる、例のピン札が取り出される。
語《り》「そのお札はいつも体から離しません。何かあるとぼくは出して、見るわけで」

二枚の万円札

語《り》「そこには今もあの時父さんの、指についてた泥がついており」
札に記されている小さな純の字。
『１９８７・３・２１』
語《り》「あの日の日付けを忘れないように、ぼくはこっそり書き入れてあり」
音楽――急激に盛りあがって中断。

工場

純ふり返る。
ニヤニヤ近づく水谷。
語《り》「翌日の昼休み、あの男が来た」
水谷「客だ」
純「ハイ」
水谷「(ニヤニヤと) 純お前、意外とヤバイ線とつき合いあるンだな」

裏

出てきた純の足止まる。
田沢。

効果音――小さな衝撃。

田沢「オウ」

純「こないだは」

田沢「どうするンだよこの前の話」

純「ア、ハイ。でもアレ、エリちゃんが自分を通せっていったから」

田沢「直接行けっていわれたから来たンだ」

純「エリちゃんにですか!?」

田沢「ああ」

純「それはいつ！」

田沢「今朝だよ」

純「エリちゃん何かいってましたか！」

田沢「いってたよ。兄貴まで出てきて――まいったぜ」

純――唾をのむ。

語《り》「アタア――!!」

田沢「十二万でいいよ」

純「え!?」

田沢「その話だろ」

純「――!! ア、ハイッ」

田沢「まいったぜ足もと見やがって。これがどうして十二万なンだ！」

語《り》「ぼう然としていた」

田沢「じゃ決めるンだな」

純「ア、ハイ、考えます！」

田沢「小僧。ナメンナヨ」

純「ア、イヤ」

田沢「そんだけ負けさして考えるたァ何だ。いらねえならいくらでも話ァあるンだよ」

純「ハイ」

田沢「人が親切にしてやりゃつけ上がって――（フッと言葉切る）」

壁にもたれてニヤニヤしている水谷。

純。

水谷「（ニヤニヤ）商談成立か」

田沢「近ごろのガキァしっかりしてるぜ」

水谷「あんまりうちの子からアコギに稼ぐなよ」

田沢「稼ぐどころか、足もと見られて」

水谷「知ってるぞ。元のかかってねえこと」

田沢「フン、かかってるンだよ、それが結構」

語《り》「結局ぼくはそのバイクを買った」

400cc

語《り》「400ccをついに手に入れた！」

喫茶店

金を払う純。

登録証のことを説明する田沢。

語《り》「ぼくはほとんど夢見てるみたいだった。それに——」

街

400ccで走る純。

語《り》「あの事件をエリちゃんが黙ってるらしいこと。逆に値引きの話までつけてくれたこと。そのことでドッと重荷がとれた。ぼくは完全に有頂天になってた」

純の部屋

「旅費」と書かれた封筒の残骸が、屑かごから半分のぞいている。

語《り》「富良野だけがまた、しばらく遠のいた」

しのびこんでくるジングルベル。

東京

クリスマスの飾りつけ。

語《り》「十二月が来て東京の街は、いちばん浮き浮きしたシーズンを迎えていた。れいちゃん、いったいどこにいるンですか。きみと一緒に、ここを歩きたい。東京の街は、今最高で」

ジングルベルと狂騒、スッと遠のく。

語《り》「だけど」

クリスマスツリー

スッとぼける。

語《り》「その十二月の最高の季節に、ぼくに初めて大変なことが起こった」

二人の男の足

急ぎ足にやってくる。

語《り》「それは二人の大人が来て始まった」

音楽——津波のように押寄せて砕ける。

3

工場・ロッカールーム

とびこんでくる夏目（工員）。
夏目「刑事が来てるぞ、社長ンとこに」
西田（工員）「どうしたンだ」
夏目「わかンねえ」
社長「（のぞく）純」
純「ハイ?」
社長「ちょっと」
純「（アカマンに）オレ?」

工場・裏手

400cc。
刑事1「きみのか」
純「ハイ」
刑事1「どうやって手に入れた」
純「買いましたけど」
刑事1「だれから」
純「田沢って人から」
刑事1「それはどこの人」
純「どこのって——ちょっと知合いの」
刑事1「今どこにいる」
純「サァそれはちょっと——わかンないけど」
社長。
二人の刑事。
純。
刑事2「なかなかイカシタ髪してンじゃないか」
純「ア。イヤ——」
刑事2「社長さん、ちょっとこの坊や借りてくよ」

パトカー

純、乗る。
語《り》「それから警察に連れて行かれた」

調べ室

純の前に坐る新しい刑事3とさっきの刑事2。
刑事3「カックいい髪だな」
純「ア。ドウモ」
刑事3「どこで盗んできた」
純「エ?」
刑事2「あのバイクだよ」
純「イヤ、ぼくは」
刑事3「盗難車だってのは知ってるンだろ」
純「（仰天）エエッ!? ウソ! オレ」

刑事２「田沢ってそいつの話を聞こうか」

純「ちょっと待ってください、オレアノ」

刑事３「（怒鳴る）ツッパッた頭してとぼけるんじゃないよッ!!」

　机の上にバンと置かれる写真。

　――田沢である。

　純。

刑事３「田沢良一！　二十一歳！　お前とこいつの関係はッ」

純「ア」

刑事３「いつ、どこからのつきあいだッ!!」

純（唾をのむ）

語《り》「エリちゃんの名前だけ、辛うじてのみこんだ」

　音楽――打楽器の不安定なリズム。Ｂ・Ｇ。

語《り》「それからのことは忘れられない。たぶん一生忘れないだろう。ぼくはまるきり犯人扱いだった。大人たちは次々にぼくに質問し、考えると急に机を叩いた。何を答えたのかよく覚えていない。恐いのと、――口惜しいのと――泣き出したいのと――。ぼくは混乱し、――全然覚えてない」

警察・表

　送り出されてパトカーに乗せられる純。

語《り》「結局夜の十時近くなって、ぼくの無実は証明された。らしい。無実だけじゃなく被害者なンだってことも」

家・純の部屋

　純――立っている。

語《り》「だけどショックでぼくは口がきけず」

間。

語《り》「全財産の４００ｃｃも、本当の夢みたく――消えちまったわけで」

　屑かごにまだある「旅費」の袋の残骸。

工場

　タイヤ運ぶ純。

語《り》「しかも事件は終りじゃなかった」

　タイヤ運びつつ近づくアカマン。

アカマン「大変だったな」

純「――」

アカマン「水谷に気をつけろ」

純「（見る）水谷さん？」

アカマン「頭きてるぞ、サツに呼ばれたって」
純「水谷さんが？」
アカマン「お前がサシタって。盗難車だってこと、知ってたらしいって」
純「オレそんなこと――。ああ、――いったのかな」

ロッカールーム

金属の扉を蹴り閉める水谷。
純「水谷さん、オレ――おぼえてないンスけど」
仲間とともに外へ去る水谷。
一人室内にとり残される純。
間。
のろのろと自分のロッカーを開ける。
ジャンパーをとりかけ、フト手を止める。
ロッカーの床に、定期入れが落ちている。
純、「？」と拾いあげ、ポケットにしまいかける。
何となく気になり、中をあらためる。
純の顔。
例の札がない！
音楽――キーンと鋭い金属音で入る。B・G。
純。
――。
ジャンパーの他のポケットを探る。
ない！
床を探す！
ロッカーの中を探す！
どこにもない！
純――懸命に記憶をたどる。

工員たまり

血相変えてとびこむ純。
純「だれか知りませんかこの中にあった二万」
ゆっくりとふりむく水谷とその仲間。
純「今朝はあったンです。見たンだもンオレ」
西田「オイ」
夏目「おれたちを疑ってるのか」
純「そうじゃないけど」
水谷（唾を吐く）

工場内

猛然たる勢いでつっ切る純。
追いすがるアカマン。

アカマン「純！」

ロッカールーム

純、バンと入り、片っぱしからロッカーを開いて私服のポケットをあらためはじめる。
アカマン蒼白に純を抑える。
アカマン「やめろ！」
ふりほどいて、狂ったように札を探す純。
また抑えるアカマン。
ふりほどき、探す純。
異常な力でしがみつくアカマン。
ふりほどく純。
しがみつき涙をためているアカマン。
アカマン「(半泣き）やめてくれ。みんなじゃない。犯人は——オレだ」
純「エ？」
アカマン「———」
泣きじゃくるアカマン。
アカマン「頼む！　明日返す！　絶対明日返す！」
純、ゆっくりとアカマンの胸ぐらをつかむ。
アカマン「ちょっとだけ借りるつもりだったンだ」
純「(しめあげつつかすれて）あの札を返せ」
アカマン「あの札」
純「あの札だ。持ってるか」
アカマン「もうない。渡した。純！」
純「だれに」
アカマン「謝る。必ず明日返す！」
純「だれに渡したかきいてるンだ」
アカマン「絶対明日返すから」
純「(叫ぶ）金じゃない！　あの札だ！　だれに渡したかきいてるンだ!!」
アカマン「——水谷だ。借金の残り、迫られて」
純。
純「二枚ともか」
アカマン「ああ、純！」
純、行こうとする。その時入ってきて棒立ちになる水谷たち。
純「水谷さん」
水谷、開かれた自分のロッカーへ。
純「今日アカマンが渡したっていうピン札」
水谷「お前か」
純「———」

水谷「人のロッカー開けたのお前か」
純「すみません。今日アカマンが渡したっていう」
　水谷いきなり純を突きとばす。
水谷「お前の金を盗んだっていうのか！」
　ふたたび烈しく突きとばす。
純「ゴメンナサイ。わかりました」
水谷「（また突きとばす）人の私服のポケット探したのか!!」
純「ゴメンナサイ。ぼくが悪かったンス。でも水谷さん」
水谷「でもたァ何だ、オレにでもたァ!!」
純「ゴメンナサイ」
水谷「自分のドジを棚にあげといて、人のことチクッて迷惑かけてそのうえ他人の身体検査か！」
純「悪かったです。アノオレ、買い戻します！　今朝アノアカマンが渡したピン札、――ちょっとお守りで、ふつうの札じゃないから」
水谷「？」
純「隅に泥がついてて、それと日付けが。一九八七年三月二十一日。開いてみればわかりますから！」
水谷「何いってンだこのバカ」
　外へ。
純「水谷さん！（追う）」

工場

　純、水谷にすがりつく。

　はねのけつつ歩く水谷。

純「金、今ないけどすぐ払います！　もしもアレなら三万払います！　二枚あったでしょ」

　水谷ふりむきざま純を殴りとばす。

　タイヤの山に叩きつけられる純。

水谷「金がいつまで手もとにあるかバカ。金は天下のまわり物ってな」

　純、ふたたびすがりつく。

純「じゃ教えてください！　だれに払ったか。どこで使ったかその二万円」

　水谷もう一度、純を殴りとばす。

　倒れた純を足蹴《あしげ》にする。

　腹を抑えてうめく純。

水谷「持ってたってやるか！　てめえなンかに！」

　そのまま工場の奥へ歩く水谷。

　うめいている純。

　鼻血にまみれた顔をあげる。

純の中で何かがいきなりはじける。

純「ミズタニィ――！」

ころがっていたバールをつかみ、去って行く水谷に猛然と突進する。

アカマン「（叫ぶ）純!!」

ふりむいた水谷。

その頭部にもろに叩きつけられるバール。

一切の音が消えてなくなる。

スローモーションで崩れる水谷。

人々の動き。

純にとびかかったアカマンの体を、半分泣きながらはねとばした純。

倒れた水谷にかけ寄った工員たち。

アカマン。

ぼう然とつっ立っている純。

奥の事務所からとび出してくる社長。

救急車

けたたましいサイレンを鳴らして走り去る。

回転灯をまわして止まっているパトカー。

工場内

巡査が純の指をこじ開け、手にしたままのバールをとりあげる。

放られ、激しい音をたてるバール。

警察・表（深夜）

井関と雪子にともなわれ、うなだれた純が表へ出てくる。

井関家・居間

純。井関、雪子。

煙草にゆっくり火をつける井関。

間。

井関「（ポツリ）相手が命に別条なくてよかった。一歩まちがってたら殺人犯だ今頃。わかるか？」

純「――」

間。

井関「純」

純「――」

井関「おれは今まで黙って見ていた。大人としてお前を扱いたかったからな。だけど――」

純「――」
井関「いつからお前は不良になったンだ」
　純。
　雪子。
井関「深夜出歩いてバイク乗りまわして、まじめな人間のやることじゃない」
　純。
井関「まして人様を傷つけるなンて」
純「――」
　間。
井関「その赤い髪を鏡で見てみろ。その髪で富良野にお前帰れるのか」
純「――」
井関「その髪見たらおやじさんどう思う」
純「――」
井関「何も知らずにお前に期待して、一人でがんばってるおやじさんどう思う」
純「――」
井関「そういうことを考えないのか」
純「――」
　純。

純「（かすれて）けんかの原因は、――きかないンですか」
雪子「純」
純「（雪子に）けんかの原因はきいてくれないの」
井関「原因とか何とかそういう問題かね」
純「――」
井関「今度のけんかの原因は何だとか、そんな次元の問題じゃないだろう」
純「――」
井関「お前がいつからこうなったのか。どうして不良になっちまったのか」
純「（低く）おれは不良じゃない！」
　雪子。
　井関。
井関「自分で思っても世間から見れば」
純「人を傷つけたのはたしかに悪いけど――ほかには何も悪いことしてない」
　間。
井関「断言するのか」
純「オレは不良じゃない」
　純の目からホロッと涙がこぼれる。
　雪子。

井関。
純、スッと立ち玄関へ。
雪子「(立つ) 純!」

同・表

雪子とび出す。
走り、向こうの石の電柱に、ガンガンこぶしを叩きつけている純。
走り寄る雪子。
雪子「純、わかったから!」
ボロボロ泣きながら、全身の力でこぶしを石柱に叩きつける純。
純「(小さく) おれは不良じゃない。――おれは不良じゃない」
こぶしが切れて血が飛び散っている。
雪子「わかったから、やめて。おばさんわかったから」
純「おれは不良じゃない――おれは不良じゃない――」
音楽――静かにイン。

工場

しんと静まっている。
語り「翌日、工場を馘《くび》になった」
歩み出る純。
右手のこぶしに包帯をまいている。
純、立ち止まる。
立っているエリ。
流れこんでくるクリスマスキャロル。

喫茶店

エリと純。
エリ「話きいたゆうべ遅く」
純「――」
エリ「江ロンとこで。アカマンから」
純「――」
エリ。
――ポケットから何か出してテーブルに置く。
純「――?」
エリ「一枚は見つけた」
例のピン札である!
純。
エリ「あいつ持ってた。ロッカーのジャンパーのポケットにあった」

純「──」
エリ「しまえば」
　純。
　──物がいえない。
　押しいただくように指先でつまむ。
エリ「もう一枚は使ったらしい。でも使ったとこだいたい
　わかった。薬屋──この先の」
純「──」
エリ「十時になったら店開くから。──後三十分。一緒に
　探す」
　純。
　──どういっていいかわからない。
純「この前は本当に──」
エリ「──」
純「あの後、だけど──盗難車の時──エリちゃんのこと
　はオレ──いわなかったス」
エリ「わかってる。きいた」
　間。
エリ「正月どうするの」
純「──」
エリ「くにに帰るなら、染めたほうがいいよ」

純「──」
　いきなり叩きつけるジングルベル。

モンタージュ

・薬屋
　札を出させて調べるエリと純。
　店員と話し合い、使った先の記憶をたどる。
・酒屋
・ラーメン屋
・宝クジ

語り「その日一日ぼくらのやったことは、たぶん世界でも例
　がないンじゃないかと思う。一枚のお札の行方を探す
　こと。行く先々でみんなびっくりし、面倒がられ、時
　には怒鳴られ、それでもエリちゃんはひどくねばり強
　く、手を合わせたり、かわいく頼んだり、──二ヵ所
　ほど、ちょっとタンカを切ったけど、とにかくぼく以
　上にムキになってくれ。それはほとんど涙が出るほど
　感動的な行為だったわけで」

歩くエリと純

語り「父さん──！　父さんの泥のついたお札を、こんなに

真剣に探してくれています。この娘は仲間からもヤバイと思われてる相当ハズれた女の子です。だけど父さん、――この娘もぼくも、決して不良じゃありません」

ジングルベルゆっくり消えてゆく。

語り「(半泣き) 世間の目からは髪が赤かったり、ハズレて見えるかもしれないけど、それはあくまでセンスの問題で」

純の部屋

純の手がゆっくり、屑カゴの中から例の旅費袋の残骸をとり出す。

語り「父さん――! ぼく今富良野に帰りたい! こっちに来て初めてそう思っています。父さんに逢いたい。螢に逢いたい。草太兄ちゃんや、中畑のおじさんや、――それから山とか、雪とかを見たい! あの雪の中で、――ゆっくり眠りたい」

音楽――テーマ曲、圧倒的にイン。

雪

しんしんと降っている。

トムソン・ビレジ

その一画で五郎がただ一人黙々と、スプルスの皮をむいている。

車の音に顔あげる五郎。

ミニパトカーが止まり、顔見知りの駐在が下りてくる。

怪訝《けげん》な顔で手を止める五郎。

五郎のほうへやってくる駐在。

音楽――急激に盛りあがって。

4

富良野警察署・表 (夜)

出てくる五郎。

無言で自分の車へ歩く。

駅前

五郎の車がやって来て止まる。

同・車内

五郎、疲れ果て眼を閉じる。
その顔に、
刑事の声「黒板純君——息子さんですな」
五郎の声「ハイ」
刑事の声「十七歳と——まだ未成年だが、東京でちょっと
傷害事件を起こしましてね」
五郎、目を開け、急ぎ車を出る。

喫茶店

五郎入る。
五郎「スミマセンちょっと100番で東京へ電話を——あ、
イヤ、いいス」

駅

はき出されてくる人々。
勇次。そして螢。
急ぎ車へ歩いてくる五郎。
螢「ただいま。——どうしたの？」
五郎「イヤ」

ヘッドライト

闇を切り裂いて走る。
螢の声「どうしたの？」
五郎の声「——イヤ」

家の表

二人歩いてくる。
螢「(立ち止まって) だれか来たのかしら」
足跡が雪についている。

家

二人入る。
バッグが一つ置かれている。
五郎。
——二階へかけ上がる。

二階

五郎かけ上がる。
少し口を開け、疲れ果てた純が眠っている。
その赤い髪。
五郎——ゴクンと唾をのむ。
螢「(後ろに立つ) お兄ちゃん——!!」

五郎「しッ」
　何も気づかず死んだような純。
　その赤い髪。
　螢。
五郎「疲れてるようだ。寝かしとこう」

牧場

　目をこすりながら草太が出てくる。
草太「どしたのさ、おじさんこんな時間に」
五郎「純が帰ってきた。死んだように寝とる」
草太「純がか」
五郎「それが——髪の毛真っ赤に染めて、——どうも——変になって帰ってきたらしい」
草太「————」
五郎「こういう時のこと——詳しいだろ、お前」

家（夜明け前）

　かすかにどこかで鳥の声。

二階

　純、物音に目をさます。
　螢が何かゴソゴソやっている。
純「螢」
螢「ゴメン。起こした。お帰ンなさい」
純「今何時？」
螢「四時半」
純「まだ起きてンのか」
螢「今起きたとこ。これから出かけるの。父さんも起きてる」
五郎「（下から）純か？」
純「ハイ。スミマセン、ただいま」
五郎「いいンだまだ寝てろ。寝たいだけ寝てろ」
純「——（トロンと）ゴメンナサイ」
　目を閉じる。
語《り》「信じられない眠さだった。こんな深い眠りって何年ぶりだ」

黒い画面

語《り》「ぼくはまたすぐ眠りに引きこまれた。そして今度は——夢を見た」
　画像、ゆっくり結んでくる。
　森を歩いている幼い純と螢。

音楽――なつかしく。

語《り》「森の中だった。螢が歩いてる――螢もぼくもうンと小さくて――」

また、映像が急にボケ、音楽消えて。

窓

昼の陽光。

語《り》「夢からさめたら明るくなっていた」

二階

純、カーテンを引き、雪のまぶしさに思わず目をおおう。

右手のこぶしがちょっと痛い。

階段

下りてくる純。――

突然ギョッと足を止める。

草太の声「おう起きたか」

男たちの声「お帰り」

階下

待っていたらしい笑顔の男たち。

草太。成田新吉、シンジュクさん、クマさん。

語《り》「富良野が誇る往年の番長が、ズラッと四人坐ってた」

アイコ「(出る) 起きた!? お帰り」

純「ただいま」

新吉「(やさしく) まァ坐れ」

草太「ハハハハ、この野郎、毛ズネなンて生やしやがって」

クマ「いくつ」

純「十七です」

シンジュク「十七かもう」

新吉「こっちも老けるわけだ」

アイコ「おなかへってる?」

純「イヤ大して――ヘッてるか」

草太「何か作ってやれ」

純「イヤ、オレ自分で」

立ち上がりかけたところをいきなり一同にとびかかられて抑えつけられる。

アイコがいつのまにか洗面器を出して来、新吉がカミソリを手にしている。

クマは後ろから純を羽交いじめにし、シンジュクがその首をしっかり固定する。
これらが一瞬で実に段どりよく、プロの手順で行なわれたために、純はほとんど声出す暇もない。
新吉「頭剃るからな、じっとしてろ」
事態がわかって純仰天し、猛然と暴れるがまったく動けない。
純「(叫ぶ) ヤメテ――! ゴメンナ――ソレダケハ――ソルノハ――、染メマスカラ――染メテ――、ソルノハ――オ願イ――お兄チャン!――頼ンデ!」
新吉――カミソリを引っこめる。
草太を見る。
草太「染めるほうがいいか」
純「ハイッ」
間。
草太「アイコ、――染めるそうだ」
アイコ「フン (すでに用意された染具を持って出る)」
純「クマさん、手が痛い! 手が痛い! 右手のこぶしアノ、痛めてンです」
新吉「少しゆるめてやれ。ゆるめても放すな」
クマ「ハイ」
アイコ「(笑って) クマさん一緒に白いとこ染めようか」
クマ「ハハハハ」

＊

純の頭段々黒くなってゆく。
染めているアイコ。洗面器を持って手伝う草太。
新吉「しかしまったく時がたつよなァ」
草太「純がツッパリたい齢になるとはなァ」
新吉「(シンジュクに) お前の頭剃ったの、アレいくつだった?」
シンジュク「十四です」
草太「結構早かったンだ」
クマ「だけどあン時ァ卒業できなかった」

＊

純の髪、だいぶ黒くなっている。
新吉「卒業の早かったのは中畑の和夫さんだ」
シンジュク「その分前が激しかったって」
新吉「どうして今日声かけなかったの」
草太「過激だもンあの人」
クマ「あんたがいうの?」

＊

染めるアイコ。
新吉「お前いくつだった?」

クマ「卒業？　十八」
シンジュク「こん中じゃ新さんがいちばん遅いでしょう」
新吉「オレァボクシングやっちまったから」
草太「まだしてないンじゃない？」
新吉「ツブすぞこのヤロウ」
　一同の笑い。

＊

　ほとんど黒くなっている純の髪。
新吉「シンジュクの卒業のキッカケは何だ」
シンジュク「オヤジとケンカして勝っちゃったンスよ」
新吉「オヤジとやるなバカ」
シンジュク「でもソレおやじもショックだったろうけど、自分のショックが大きくってサァ」
クマ「それ、オレもありました」
シンジュク「あれ傷つくよね」
クマ「オヤジその後急に老けちゃって」
シンジュク「そうそう」
新吉「自分のオヤジを負かしちゃいけない。オ。終った？」
アイコ「ハイッ。純君終りッ。（新吉に）おじさんついでにやる？」
新吉「（立つ）からかっちゃいけない」
　――頭つかんで雑な点検。
新吉「よしッ。ホンじゃ行くか」
一同「うン（立つ）」
純「いろいろ――お手数かけました」
新吉「なンもだ。これがいちばん早い。（出ながら）お前車？」
シンジュク「はい」
新吉「乗せてって、街まで」
シンジュク「どうぞ」
一同「（口々に）ホンジャ」
　あっさり全員が去ってゆく。
　ぼう然たる純。
語《り》「何だか映画を見てるみたいだった。だけど――」

鏡

　純、ゆっくりと顔をのけぞる。
語《り》「映画とはちがう証拠に、ぼくの頭は黒くなっており」
広介の声「純！」
チンタの声「純！」

広介の家

　純、広介、チンタ。

語り「その後ぼくはやっと安心して、挨拶まわりを始めたわけで」

広介「やっぱりどことなく都会っぽくなったよ」

純「そうかア?」

広介「東京どうだ」

純「どうってことねえよ」

チンタ「いい女いるか?」

広介「こいつまたすぐ、フラレるくせに」

純「まだやってンのかよ」

広介「ア、教える?　新しいの?」

チンタ「うるさいうるさいうるさいうるさい」

広介「そういやれいちゃんから連絡あったか」

純「イヤ」

チンタ「全然?」

広介「あのままったく音沙汰なしかよ」

純「オレなンかとっくに、忘れちゃってるよ」

語り「それから中畑のおじさんの所へ行った」

中畑木材・事務所

和夫「いやァ本当にしっかりしてきた」

みずえ「本当、びっくりした」

純「父さんがいつも、お世話になりっぱなしで」

和夫「なンも、去年から父さん人参やってるから」

みずえ「知ってる純ちゃん?　お父さんが丸太小屋また始めたの」

純「うちのですか」

みずえ「そうよ。すごいよ今度のは。カナダの木だし」

純「ヘエ——」

みずえ「だれにもたのまないで一人でやりたいって。何年かかってもかまわないンだって」

和夫「土場で朝から皮むきしてら。ビレジの土場だ。のぞいて来てみな」

友子「(入る)こんちは」

みずえ「おばさん!　これだれかわかる?」

　友子、——まじまじと純を見つめて、

友子「純ちゃんかい!」

純「——ハイ」

友子「純ちゃんでしょう!　まァ大きくなってェ!」

語り「みんなとっても暖かかった。みんながぼくを昔と変らず、昔のままに対してくれており」

トムソン・ビレジ

語《り》「中畑のおじさんが最近始めたっていう、トムソン・ウッディ・ビレジへ行ったら、土場で父さんが丸太の皮をむいていた」

雪の中、たった一人で皮むきをしている五郎。

近づく純。

そばに立つ。

五郎「(初めて気づいて)おう」

純「ただいま」

五郎、一瞬純の頭を見る。

五郎「おかえり!」

純「ゆうべはすみません」

五郎「(笑って)あんまりよく寝てたからほっといたンだ」

純「スミマセン」

五郎「疲れてたンだろう」

純「ハイ。——スミマセン。——アノ。手伝いましょうか」

五郎。

五郎「できるかお前に」

純「力仕事は、毎日してますから」

間。

五郎「じゃこれでたのむ。こういうふうに——。こうやって少しずつ。——そうそうこうやって——。凍りついてるから結構きついだろ?」

五郎、——もう一つの皮むき棒を持って、純と並んでやりはじめる。

五郎「うまいじゃないか」

純(ちょっと笑う)

語《り》「右手のこぶしがちょっと痛んだ。でも——。父さんが心配しないように」

純「(むきつつ)丸太小屋建てるって本当なの?」

五郎「まァのんびりな」

純「全部自力で?」

五郎「自分の家だ。愉しみながらな」

純「———」

五郎「ちょっと今度は愉しんでやるンだ」

純「——すごいな」

皮をむく五郎。

語《り》「何だか父さんがあの頃のように、急に体まで大きくなって見えた」

五郎「螢とは話したか」

純「あいさつしただけ」
皮をむく二人。
むきながらの会話。
純「あんな時間に、毎朝送るの？」
五郎「バスがまだないからな」
純「帰りは？」
五郎「迎えに行く」
純「そりゃ大変だァ」
五郎「どうってこたァない」
皮をむく二人。
間。
五郎「（急にニヤリ）いい話しようか」
純「何」
五郎「ホタルに内緒だぞ」
純「どしたの」
間。
五郎「あいつどうも恋をしてるらしいンだ」
純「本当!?」
五郎「かくしてるつもりらしい。こっちはとっくに気がついてる。クックッ。通学列車で一緒になるやつだ」
純「やるウ。どんなやつ、どんなやつ」

五郎「学生じゃないかと思うンだけど——いつも遠目だからよく見えないンだ」
五郎、急に手を止める。
純を見る。
五郎「（なぜか声ひそめ）見たい？」
純「見たい」
間。
五郎「近くで見る？　今日」
純「どうやって」
五郎。
間。
五郎「（考えて）——だから、——乗る列車は決まってるわけだから、——途中の駅でその列車待ってて——たとえば美瑛か美馬牛《びばうし》あたりで、こっそり乗りこんで気づかれないようにサ、二人が坐ってるそばに坐って——」
純「————」
間。
五郎「ククク。この野郎（ドック）悪いこと考えやがって！　——やろ（仕事に戻る）」
語《り》「自分でいっといてエ」

　純もふたたび仕事に戻る。
　雪が降っている。
五郎「あいつも来年、家出てくからなア」
純（見る）
　むいている五郎。
五郎「旭川に行くンだ」
純「――」
五郎「仕方ないンだ」
語《り》「知らなかった」
　作業する二人。
語《り》「それから一日皮むきを手伝った。右手は時々少し痛んだけど――何だかぼくはひどく暖かく」
　働く純の顔。
語《り》「急に涙が出かかったりして」

美馬牛駅・ホーム（夜）
　列車がついて人々が下りている。
　列車の窓に螢が見える。
　忍者のように乗りこむ二人。
　列車動きだす。

走る車内
　二人の移動。
　手話と目でしゃべりつつ螢の背後のいい席をとる。
　二人。
五郎「ヒヒヒヒ」
純「気づいてない？」
五郎「だいじょうぶ」
純「どいつどいつ」
　五郎、――ガラス窓に写したりして螢の周辺の客を探る。
　間。
五郎「いない――！」
純「いないの!?」
五郎「いつもいるンだけど今夜はいない！」
純「――」
　五郎もう一度再確認。
　間。
五郎「（ガックリ）いない！」

螢
　窓外をぼんやり見ている。

五郎たち

五郎「いないなら出てくか」
純「そりゃあまずいよ!」
間。
五郎「うンそりゃまずい」

螢

窓外を見ている。
螢はひどく哀しそうだ。

レール

闇の中に走行音をたてている。

五郎たち

自己嫌悪にかられて坐っている二人。
五郎「来なきゃよかったな」
純「——うン」
五郎「イヤなことしてるな」
純「——うン」
走行音。

五郎「こういうとこが、オレにはあるンだな」
純「——そう?」
五郎「ある。うン。昔から、ずっと、——あったような気がする」
純「——」
五郎「ある種のしっとの——行動なンだろうな。うン」
純「——うン」
間。
走行音。
五郎「遺伝してるからお前も気をつけろ」
純「(見る)——わかります」

富良野駅・ホーム

列車が着いて螢が下りる。
見つからないように後から二人も。

階段——表

かけ下りる五郎と純、先まわりすべく非常改札をとびこえる。
そのまま車へ走ろうとして。
急に五郎が純の手を抑える。

その視線——

改札外（構内）

出てきた螢が足を止めている。
その前に勇次。
小さく螢に何かいう。
螢。

螢「ウソー」
勇次。

勇次「急にそういうことになっちゃったンだ」
螢。

螢「何時の？」
時刻表をふり仰ぐ。

勇次「×時×分、札幌行き」

螢「——」
二人。

螢「わかった」

駅・表

螢、出てくる。
急ぎ車へ。

二人「（車の中から）お帰り」

螢「（口の中で）ただいま」

ヘッドライト

闇を切り裂いて走る。
五郎の機嫌いい鼻唄。

五郎「（やめて）螢もう明日から休みなンだろう？」

螢「うン」
——五郎また鼻唄。

五郎「明日さァ、三人で温泉行かないか」

純「温泉？　だって今からじゃとれないよ」

五郎「十勝岳温泉なら日帰りだって行けるもン。いいぞォ露天風呂、三人で入るの」

螢「イヤダア」

五郎「いいじゃないか」

純「まずいンじゃない？」

五郎「そうかァ？　しかしとにかく、温泉行こ温泉！　うン！　思いっ切り足のばせる風呂に入ろ！」
——五郎の唄声、ご機嫌に流れこむ。

家

五郎の唄声が風呂から出てくる。——家へ入る。

五郎「ああ、いいお湯だった！　オイ純すぐ入れ」

純「ハイ」

五郎「今日の所はせまくてもがまんして。明日は足ののばせる風呂だから」

螢「（台所から）父さん」

五郎「エ？」

螢「明日——申訳けないけど——私——温泉行かれないの」

五郎。

螢の背中。

螢「どうしても明日——私、ダメなの」

純。

五郎。

五郎「ア。——何か予定あった？」

間。

螢の背中。

螢「あの人が行っちゃうの」

五郎。

螢「あの人。見てるでしょ。汽車で一緒になる」

純。

五郎「——ア、ホント」

螢「お正月に家につれてきて、父さんに逢わせる約束してたの。だけど——急に東京に行くことになっちゃったの」

五郎。

螢「明日行っちゃうの。そうすると当分、——もう逢えないから——だから——どうしても送りに行きたいから」

純「行ってこいよ」

五郎「ア、行っといで！　そりゃ行っといで行っといで！」

螢「ゴメンナサイ」

五郎「温泉なンていつだって行ける」

螢「二人で行って来て」

五郎「そんなのいいそんなのいい、二人で行ったたってつまんない、送りに行っといで送りに行っといで」

螢「——ゴメンナサイ」

音楽——静かな旋律で入る。B・G。

表

雪が舞っている。

二階

寝床の中の純と螢。

純「起きてるか?」

螢「起きてる」

間。

純「今日父さんに初めてきいたンだ。春からお前、旭川に行っちゃうのか」

螢「――」

純「おれそんなこといえないンだけど」

螢「――」

純「父さん一人になっちゃうのか」

螢「――」

間。

純「今日見たンだけど――父さん丸太小屋――」

螢「――」

純「あれ――、おれたちのこと、待ってるのかな」

螢「――」

純「おれたちが帰るの期待して丸太小屋」

螢「その話今しないで」

純「――」

間。

螢「その話されると、私泣いちゃうから」

間。

純「わかった」

窓外

雪がしんしんと降っている。

二階

二人。

純「いいやつか、そいつ」

螢「――」

間。

純「東京に出ると――行ったきりになるのか」

長い間。

螢「(声がふるえる)お願い、お兄ちゃん。その話もしないで」

純「――」

遠くからしのびこむ長渕剛「乾杯」以下に――

富良野駅前(翌晩)

親せきに囲まれ立っている勇次。
何かとしゃべりかける親族の中で、さり気なく螢を探している。
——その目が止まる。
ショッピング・ハウス『ちょっとふらの』
その窓の中から見ている螢。
勇次。
螢——ソッと店を出、駅舎の壁ぎわに小さな包みを置いて離れる。
勇次。
——さり気なく親族から離れる。
靴の紐を直すフリしながら、螢の置いた包みをとり、かくす。
代わりに手紙を置いて離れる。
改札が始まったらしく親族、勇次を駅舎へ押しこむ。
置かれている手紙。
螢の手がソッと取る。
螢、急いで待合室へ走る。

ホーム

勇次とその親族たち。

待合室

螢。

ホーム

勇次——螢を見つける。

待合室

螢、口の動きで、「ガ、ン、バ、ッ、テ」

ホーム

勇次、——「ワ、カ、ッ、タ」
列車が入ってくる。

構内

螢、走って来て柵にしがみつく。
列車がゆっくりホームを出て行く。
その尾灯がしだいに遠ざかる。
螢。
——手紙の封を切る。
読みつつゆっくりタクシーのほうへ歩く。

勇次の声（無声音）、以下に流れる。
「今朝夢見タンダ、
不思議ナ夢ナンダ
君ト手ヲツナイデエラク透明ナ
湖ノ底ニモグッテ行クンダ」

タクシー乗場

ゆっくりやってきて、タクシーに乗る螢。
「ソコハ滝里ノ、ダムノ底ラシクテ、
モグッテ行クト村ガソコニアル
君ハ僕ノ手ヲドンドンヒッパッテ、
昔空知川ガ流レテイタフチノ
ソノママ沈ンデイル木立チノトコヘ行ク」

タクシー車内

走る車内の螢。
「ソウスルトソノ木ノ一本ノ幹ニ
二ツノイニシアルノ彫ッテアルノガ見エル
HトYッテ、二ツノ文字ガ。
誰モモウ知ラナイ湖ノ底ノ、
ソレデモ立ッテル一本ノ木ノ幹ニ
HトYッテ彫ッテアルンダ」

家のそば・道

雪明りの中を帰ってくる螢。
「ガンバッテ来マス。
君モ、ガンバッテ」
「乾杯」ゆっくり消えてゆき、家の灯が目の前に見えてくる。
風呂を焚いている純の姿。
螢——家へ。
純「お帰り」
螢「（口の中で）ただいま」

二階

螢、かけ上がりラジオのスイッチを入れる。
流れ出すD・J。
たまっていた感情がついに爆発し、押入れに首つっこみ嗚咽《おえつ》する螢。

風呂

中で、入っている五郎の水音。

焚き口の純。

五郎「（中から）蛍どうした」

純「二階に行ったみたい」

五郎「うン」

間。

純「ぬるくない？」

五郎「いい湯だァ――！」

長い間。

純。

純「父さん」

五郎「あ？」

純。

純「ぼく早くいおうと思ってたンだけど――東京でちょっと、事件起こしたンだ」

間。

五郎「どんな」

間。

純「けんかして人に、けがさしたンだ」

間。

純「大したことなくて済んだみたいだけど」

間。

五郎「どうしてけんかしたンだ」

純。

――右手のこぶしをゆっくり開閉する。

純「大事なものをそいつにとられたから」

五郎「――そうか」

純。

間。

五郎「それは、他人をけがさすくらい、お前にとって大事なものだったのか」

純「ああ――（涙がつきあげる）」

五郎「それなら仕方ないじゃないか」

純「――」

五郎「男にはだれだって、何といわれたって、戦わなきゃならん時がある」

純「――ああ」

純の頬を涙がボロボロ流れる。

純、懸命にその涙に耐えて、

純「父さん」

五郎「――ああ」

純「それにボクまだこれもいってないけど、東京で三べんも職をかえたンだ」

五郎「――」
純「永つづきしなくて――三べんもかえた」
間。
五郎「オレは昔六ぺん――いや、七へんかわった」
純「――」
五郎「東京にいる間に七へんかわった」
純「――」
五郎「これは家系だ。気にするな」
純「――ああ」
間。
五郎「学校は行ってるのか」
純「学校はちゃんと行ってる」
五郎「ならいいじゃないか」
純「――」
純。
間。
純「父さんおれ――丸太小屋。一緒に作りたいな」
五郎「――」
純「こっちで職探して、父さん手伝って、一緒に丸太小屋作っちゃダメかな」
間。

五郎「そりゃダメだ」
純「――」
五郎「あれは人には手伝わせない。だれの手も借りずにおれだけで作るンだ」
純「――」
五郎「おれ一人住むための家なンだからな」
純。
五郎「(明るい)お前の部屋も、螢の部屋もない、おれ一人のんびり暮らすための家だ」
純。
五郎「だからとことん愉しんで作る。作る愉しみを何年も満喫する」
間。
五郎「暖炉は石を一個ずつ探し、それを、じっくり考えて積み上げ――。森に面してベランダを作り、――でっかいリビングとおれの寝室と。ああ！　それにな、異常なほどでっかい浴室！　足をのばしてものばしてもとどかない、馬鹿でかい風呂のある浴室を作るンだ。水は沢から引き、電気は引かない。天窓があって、星だけが見える。星のない日はさっさと寝ちまう」
音楽――テーマ曲、低くイン。B・G。

五郎「（ちょっと笑う）その家でオレは少しだけ畑を耕して、毎日森へ行き、山菜やきのこをとり――、後はお前らの仕送りで食ってく」
純「――」
五郎「仕送りするな？」
純。
純「するよ」
五郎「約束したぞ」
純「ウン」
五郎――愉し気に鼻唄をうたう。
やめて、
五郎「それでお前らがそれぞれ結婚し、嫁とか亭主とか孫をつれてきたら、仕送りのあるやつだけそこに泊めてやる。一泊いくらってとってもいいな。何年もかかって作るンだからな」
純「――ああ」
五郎「そうしてめちゃくちゃ口のうるさい、嫁や婿から敬遠される徹底的なガンコじじいになって――」
純「――」
五郎「愉しいなァ」
鼻唄。
五郎「しかし――」
純「――」
五郎「孫だけはかわいがるンだろうな」
純「――」
五郎「（声が少しトロンとして来ている）ちっちゃな――頼りない――あの頃のお前らとそっくりな孫――」
間。
純「父さん」
五郎「――」
純「起きてる？」
五郎「――」
純「寝ちゃダメだよ」
五郎「（ポチャン）寝てるもンか」
螢「（突然出る。小さく）お兄ちゃん！」
純の手をとり、すごい勢いで中へ。
純「なに――」

家の中

螢、物もいわず二階をさす。
純――「？」
螢「ラジオ！　この曲!!　わかンない!?」

螢、階段をかけ上がり、ラジオのボリュームを少しアップする。

螢「今リクエストがかかってるのよ!! それが富良野の純君に、今札幌にいる大里れいからって!」

純の顔。

イメージ（フラッシュ）

れい。

家

純の顔。

イメージ

れい。

家

純の顔。

車窓

札幌の街がキラキラ近づく。

語《り》「そうしてぼくは正月三日の日、れいちゃんを探しに札幌に出たンだ」

流れていた「I LOVE YOU」（尾崎豊）急激にたかまって以下へつづく。

放送局

同・守衛室

純、必死に守衛さんに説明している。

門松

守衛室

電話している守衛。

右手のこぶしが痛んでいる純。

ディレクターが休みでわからないといわれる。

放送局・表

憤然と出てくる純。

もう一度守衛が待てといってくれる。

製作

守衛と純入る。
宿直の男が葉書の山を教えてくれる。
純、一枚ずつ調べだす。
＊
男が一見無愛想に、葉書の別の箱を持ってきてくれる。
純、感謝。
＊
守衛が一緒に葉書の山を調べてくれている。
一枚の葉書を「これちがうべか」と純に見せる。

放送局・表

葉書をつかんでとび出す純！

街

アパートを探して歩いている純。

アパート

ノックする純。
通りがかりの人が何かいう。
その人にきく純。
何かいうその人。壁に指先で簡単な地図を描く。

街

猛然と走って来た純、ファミリーレストランの表に立つ。
中が見える。
着飾った正月の家族づれ。
忙しく働くウェイトレスたち。
その中に――。
制服姿のれい。
純。

ファミリーレストラン

奥の席の片づけをしているれい。
「いらっしゃいませ！」の声にちょっと一緒に顔あげて、
れい「いらっしゃいませ」
また片づける。
その手が止まる。
ギクッとふりむく。
入口にれいを見て立っている純。
純の視線のれい。

一切の音がなくなっている。
華やかに動いている広い店内に、そこだけ凍結した純の場所、れいの場所。
純の声「(低く)何時に終るンだ」
間。
れいの声「(かすれて)四時」
音楽——かすかにしのびこむ。B・G。

道

雪がチラホラ舞っている。
並んで歩いてくる純とれい。
純「元気だったのか」
れい「元気。——純君は」
純「オレも」
れい「——(小さく)うれしい——!!」
歩く二人。
れい「今どこにいるの」
純「東京。定時制通ってる」
れい「やっぱりィ」
歩く二人。
純「信じられなかったぜ」
れい「私だって」
純「偶然螢が、ラジオで聴いたンだ」
れい「信じられない! 聴いてくれたなンて」
純「——」
れい「だってあの番組北海道だけでしょ。純君きっと東京だと思ったし」
歩く二人。
純——急に顔しかめて右手をかばう。
れい。
れい「どうかしたの、そっちの手」
純「いや——ちょっとぶつけて」
歩く二人。
純「忘れられたと思っちゃってたから」
れい「——」
純「全然連絡、何もないし」
歩く二人。
れい「三度目なのよ」
純「何が」
れい「ラジオに出したの」
純(見る)
れい「——」

歩く二人。

純「どうして直接いってこねえンだよ」

れい「手紙、書いたわ」

純（見る）

れい「一度なンかポストに、半分入れかけて――結局やめたの」

純「どうしてェ」

間。

れい「恐かったから」

純「何が」

れい「純君の返事が」

純「恐いわけねえだろ！」

歩く二人。

純「あの部屋に、一人か」

れい「店の女の子と」

純「おやじさんは？」

間。

れい「――どっかにいる」

純「そう」

間。

れい「（急に明るく）ねえ覚えてる!? あの時いってた、天窓のある喫茶店の話」

純「おぼえてる」

れい「つれてく！」

静かに流れこむムード曲。

天窓

その上から雪が舞っている。

れいの声「（低く）信じられない！――来てくれたなンて！」

喫茶店

天窓の下の二人。

れい「東京――いっぱいいいことあった？」

純。

純「どうかな」

純。

――右手のこぶしをさすっている。

純「最近悪いこと続いたからな」

れい「――どんな？」

うつむいて右手をさすっている純。

チラと見るれい。

純「もう、ボロボロになっちゃってたからな」
れい「―――」
　間。
純「本当は今度富良野に帰ってみて」
れい「―――」
純「富良野があんなに暖かかったなンて―――」
　間。
純「こっちにいちゃいけないかっておやじにいったンだ。そしたら笑って、――それはダメだって」
れい「―――」
純「おやじ、一人で、丸太小屋作りだしたンだ。だけどその小屋は、自分一人のもので、おれや螢の部屋はないっていうンだ」
れい「―――」
純「手伝わしてって、おれいったんだけど、作る愉しみをとられてたまるかって、――おやじヘラヘラ笑ってやがンだ」
　間。
れい「すごいな」
純「ああすごい」
れい「男の人って、本当にすごい」
　短い間。
純「男っていうより、おやじがすごいンだ」
れい「―――」
純「今度そのことが、――少しだけわかった」
　間。
れい「ねえ」
純「ア?」
れい「その手、お医者様に見せたの?」
純「イヤ」
　コーヒーが来る。
　れい、砂糖壺から砂糖をすくう。
れい「いくつ」
純「――二つ」
語《り》「父さんのことを考えていた」
　純のカップと自分のカップに、砂糖を入れているれいの白い指。
　純、スプーンで、ぼんやりかきまぜる。
れい「(立つ)ちょっとごめん」
純「うン」
語《り》「あの頃、ぼくら二人をつれて、母さんと別れて富良野へ来た父さん。あの時父さんは、もう四十を過ぎてたはずだ」
音楽——かすかに遠くからしのびこむ。B・G。
語り「あの頃ぼくはまだ幼くて、父さんの気持なンて何もわからず」

記憶

過去の映像から——
語り「ヘラヘラだらしない父さんのことをいつも心で軽べつしてたわけで。だけど——父さん。今、少しわかるよ。今少し父さんがわかりはじめてきました。——今まで考えたこともなかったけど、あの頃父さんが耐えていた苦しみ。父さんの悲しみ。父さんの痛み。父さんの強さ。あの頃の父さんの男としてのすごさが、初めて今だんだんわかってきたわけで」
間。
語り「世間は父さんをただヘラヘラした、百姓のおやじと思うかもしれないけど——今のぼくには到底かなわない、まぶしいばかりの存在になりつつあり」
間。
語り「父さん——ぼく今初めて父さんを」
音楽——中断。

喫茶店

エ？　と顔あげる純。
コーヒーをまぜているれい。
ゆっくりよみがえる店内の音楽。
純「何かいった？」
れい「コーヒー飲んだらすぐ行こ」
純「どこに」
れい「だからお医者さん」
純「いいよ！」
れい「電話帳で探したのよ。待っててくれるって」
純「いいってば」
れい「ダメ。ずっと見てたら相当痛そう。純君の右手に何かあったら私、困る」
純「——」

病院（町医者）

松飾りと「本日休診」の札。
雪。
医者の声「何をしたのかね」
間。

純の声「石の電柱を叩きました」

同・診察室

れい。
純。
レントゲンの灯を消し、カルテに何か書きこむ医者。
医者「自分で？」
純「ハイ」
医者「どんなふうに」
純「――――」
純、あの時のままにやってみせる。
目を見張っているれいの顔。
医者「よっぽど強く叩いたンだな」
純「――――」
医者「ここンとこ三本、――ヒビ入ってるよ」
れいの顔。
純の顔。

雪

その中を歩く二人。

れい、ソッと純に腕をからませる。

純の右手にギプスが白い。

語《り》「それからぼくらは駅に向かって、何も話さずえんえんと歩いた。れいちゃんは何もしゃべろうとしなかった。だけど、れいちゃんの腕からつたわるかすかな体温がぼくを暖め、ぼくにたえ間なくしゃべってる気がした」

歩く二人。

れいの声「（ささやく）何もいわないで。――わかってるから」

雪の中にしだいに遠ざかる二人。

語《り》「それが今年の、正月の出来事だ」

町の騒音がスッと遠ざかる。

二人の姿が小さくなる。

（画面静止）

どこからかしのびこむ演歌と五郎の声。

五郎の声「よくいいますよお客さん。ガッカリしたなンていわないでよ！　ガッカリしたってどういう意味よ」

和夫の声「五郎、もうよせよ」

五郎の顔（トップシーンのスナック）

前よりさらに酩酊している。

五郎「ア、ゴメンナサイお客さん？　私酔ってるから。酒が私にいわしてるンだから」

和夫「五郎もう帰ろうよ」

五郎「（ふりのける）富良野はもっとひらけてないと思った？　それはアレですか？　電気も水道もないようなとこ、と。奥さんよくいうねえ！　ハハ、東京から来て、よくいうねえ！　自分らはぜいたくに暮らしといてさ、こっちはもっと貧しいほうがいいの？」

女の声「ゴーロチャン」

五郎「ハアイ。――住んでるのよ私たち。生活してるのよ。一日か二日来て車でそこら見て、ひらけててガッカリした？　やめてよオ！」

演歌。

五郎「そんじゃ実際に暮らしてみれば？　電気のないとこで、マイナス二十度で」

飲む。

急に、ヘラヘラッと笑う。

五郎「なァンちゃって実はうち、いまだに電気通ってないンです。風力発電でやってます。ハイ。ですから私アノ、エネルギー問題、――（声をひそめる）意見いう権利あるンです実は。北電の世話になってませんから。暖房やクーラーがんがんつけた部屋でエネルギー問題偉い人論じてる。ククッ。あれ変だよね。そう思いません？　ククッ。ナアンチャッテ」

演歌。

五郎「風力発電、息子が作りました。ハイ。中三で。息子今東京。職またかわりました。毎月仕送りキチンとしてくれます。エ？　エ？　何です？　エ？」

間。

五郎「女房。――死にました。――ハイ。――いい女でした。――」

五郎。

突然涙出て、サッとぬぐい笑う。

五郎「イヤダァお客さァん、善人泣かしてエ！――ま、それ、空けましょ。奥さん強いやア」

音楽――テーマ曲かすかにイン。

五郎「（突然別のほうへ）エ？　エ？　どなた!?　痔《じ》が悪いってどなた!?　あんた！　いい医者いるンだ紹介する！　竹内先生って。旭川。今地図書きます！　メモとペン！　アこれ。（書く）ここ絶対。旭川。娘がいるンです。その病院で看護婦やってます。ハイ（書いている）。見習いですけど。螢っていうンです」

音楽――ゆっくり盛りあがる。

路地

和夫に支えられ、五郎が出てくる。
二人、よろよろともつれながら歩く。その背中に――
しんしんと雪が降っている。

エンドマーク

本作品は、舞台となっている時代を活写するシナリオ文学のため
現在の感覚では違和感を感じられる表現もそのまま掲載しています。

スタッフ

脚本……………倉本　聰
プロデュース…中村敏夫
　　　　　　　富永卓二
　　　　　　　山田良明
演出……………富永卓二
　　　　　　　杉田成道
　　　　　　　山田良明
音楽……………さだまさし
制作……………フジテレビ

キャスト

黒板五郎…………田中邦衛
黒板　純…………吉岡秀隆
黒板　蛍…………中嶋朋子
黒板令子…………いしだあゆみ
宮前（井関）雪子…竹下景子
北村清吉…………大滝秀治
北村正子…………今井和子
北村草太…………岩城滉一
木谷涼子…………原田美枝子
吉本つらら………熊谷美由紀
　　　　　　（現在は松田美由紀）
吉本辰巳…………塔崎健二
吉本友子…………今野照子
中畑和夫…………地井武男
中畑みずえ………清水まゆみ
中畑すみえ………塩月徳子
　　　　　　　　中島ひろ子
松下豪介（クマ）…南雲佑介
井関利彦…………村井国夫
笠松杵次…………大友柳太朗
笠松正吉…………中沢佳仁
笠松みどり………林美智子
川島竹次（タケ）…小松政夫
吉野信次…………伊丹十三
成田新吉…………ガッツ石松
中川………………尾上　和
本多好子…………宮本信子
こごみ……………児島美ゆき
沢田松吉…………笠　智衆
沢田妙子…………風吹ジュン
水沼什介…………木田三千雄

和泉…………奥村公延
時夫…………笹野高史
中畑ゆり子……立石涼子
中畑　努………六浦　誠
駒草のママ……羽島靖子
大里政吉………坂本長利
大里の妻………小林トシ江
大里れい………横山めぐみ
飯田(北村)アイコ…美保　純
飯田広介………古本新之輔
中津……………レオナルド熊
中津チンタ……永堀剛敏
先生……………鶴田　忍
宮田寛次(シンジュク)…布施　博
運転手…………古尾谷雅人
和久井勇次……緒形直人

勇次の伯母……正司照枝
エリ……………洞口依子
竹内……………井川比佐志
赤塚満次(アカマン)…矢野泰二
財津……………北村和夫
加納金次………大地康雄
松田タマコ……裕木奈江
タマコの叔父…菅原文太
タマコの叔母…神保共子
小沼シュウ……宮沢りえ
小沼周吉………室田日出男
黒木夫人………大竹しのぶ
黒木　久………井筒森介
石上……………冷泉公裕
中津完次………小野田良
笠松　快………西村成忠

井関大介………いしいすぐる
沢木　哲
高村吾平(トド)…唐　十郎
高村　結………内田有紀
高村　弘………岸谷五朗
山下先生………杉浦直樹
清水正彦………柳葉敏郎
三沢のじいさん…高橋昌也
三沢夫人………根岸季衣
佐久間拓郎……平賀雅臣
熊倉寅次………春海四方
医師……………串田和美
木本医師………佐戸井けん太
三平……………山崎銀之丞
ほか

初放送

北の国から　1981年10月9日〜1982年3月26日
北の国から'83冬　1983年3月24日
北の国から'84夏　1984年9月27日
北の国から'87初恋　1987年3月27日
北の国から'89帰郷　1989年3月31日
北の国から'92巣立ち　1992年5月22日、23日
北の国から'95秘密　1995年6月9日
北の国から'98時代　1998年7月10日、11日
北の国から2002遺言　2002年9月6日、7日
（以上フジテレビ系全国ネットで放送）

原本

北の国から（前編）　1981年10月
北の国から（後編）　1981年11月
北の国から'83冬　1983年3月
北の国から'84夏　1984年9月
北の国から'87初恋　1987年2月
北の国から'89帰郷　1989年3月
北の国から'92巣立ち　1992年2月
北の国から'95秘密　1995年2月
北の国から'98時代　1998年6月
北の国から'02遺言　2002年8月

倉本 聰（くらもと・そう）

1935年、東京都出身。脚本家。東京大学文学部美学科卒業後、1959年ニッポン放送入社。1963年に退社後、脚本家として独立。1977年、富良野に移住。1984年、役者やシナリオライターを養成する私塾・富良野塾を設立（2010年閉塾）。現在は富良野塾卒業生を中心に創作集団・富良野GROUPを立ち上げる。2006年よりNPO法人富良野自然塾を主宰。代表作は『北の国から』『前略おふくろ様』『うちのホンカン』『昨日、悲別で』『優しい時間』『風のガーデン』『やすらぎの郷』（以上TVドラマ）『明日、悲別で』『マロース』『ニングル』『歸國』『ノクターン—夜想曲』（以上舞台）『駅 STATION』『冬の華』（以上劇映画）他多数。

北の国から'83～'89

著者　倉本 聰

発行者　内田克幸

編集　岸井美恵子

発行所　株式会社理論社

〒101-0062 東京都千代田区神田駿河台 2-5
電話　営業 03-6264-8890　編集 03-6264-8891
URL　https://www.rironsha.com

協力　株式会社フジテレビジョン

2021年10月初版

2021年10月第1刷発行

印刷・製本　中央精版印刷株式会社

ISBN978-4-652-20461-0　NDC912 四六判 19cm 300p JASRAC 出 2107924-101